生于世间，不着世间

林清玄 著
LINQINGXUAN

中国工人出版社

图书在版编目（CIP）数据
生于世间，不着世间／林清玄著. 一北京：中国工人出版社，2019.6
ISBN 978-7-5008-7198-9
Ⅰ. ①生… Ⅱ. ①林… Ⅲ. ①散文集一中国一当代 Ⅳ. ①I267
中国版本图书馆CIP数据核字（2019）第108656号

著作权合同登记号：图字01-2018-8781号
本著作物经北京阅享国际文化传媒有限公司代理，由九歌出版社有限公司授权，在中国大陆出版，发行中文简体字版本。

生于世间，不着世间

出 版 人　王娇萍
责任编辑　吴　迪
责任印制　黄　丽
出版发行　中国工人出版社
地　　址　北京市东城区鼓楼外大街45号 邮编：100120
网　　址　http://www.wp-china.com
电　　话　（010）62005043（总编室）
　　　　　（010）62005039（印制管理中心）
　　　　　（010）62379038（社科文艺分社）
发行热线　（010）62005049　（010）62005042（传真）
经　　销　各地书店
印　　刷　三河市东方印刷有限公司
开　　本　880毫米×1230毫米　1/32
印　　张　7.625
字　　数　150千字
版　　次　2019年10月第1版　2019年10月第1次印刷
定　　价　45.00元

目录

CONTENTS

上篇 舍与不舍

目录

中篇

知味不易

C O N T E N T S

下篇
像风一样自由

生于世间，不着世间

上篇

舍与不舍

每个人新的一天，都是从这一站到那一站，

在流动与迁徙之中，只要不忘失自我，

保有热血与志气，到哪里不都是一样的吗？

这一站到那一站

最近在搬家，这已经是住在台北的第十次搬家了。每次搬家就像在乱阵中要杀出重围一样，弄得精疲力竭，好不容易出得重围，回头一看，早已“尸横遍野”，而杀出重围也不是真的解脱，是进入一个新的围城清理战场了。

搬家，真是人生里无可如何的事，在清理杂物时总是面临舍与不舍、丢或不丢的困境，尤其是很多跟随自己许多年的书，今生可能再也不会翻阅；很多信件是少年时代保存至今，却已是时光流转，情境不再；许多从创刊号保留的杂志，早已是尘灰满布，永远不会去看了；还有一大堆旧笔记、旧剪贴、旧资料、旧卡片，以及一些写了一半不可能完成的稿件……每打开一个柜子，都是许多次的彷徨、犹豫、反复再三。

好不容易下定决心，把不可能再用的东西舍弃，光是纸类就有二百多公斤，卖给收旧货的人，一公斤一元，合起来正是买一本新书的钱。

还舍弃一些旧家具，送给需要的朋友。

由于想到人生里没有多少次像搬家，可以让我们痛快地舍弃，使我丢掉了许多从前十分钟爱的东西，都是不能用金钱衡量的，一些成长的纪念。拢拢总总，舍掉的东西恐怕有一部货车那么多。

即使是这样，这次搬家还是动用了四部货车才运载完毕，使我想起从前刚到台北，行李加起来只有一个旅行袋，后来搬家，是一个旅行袋加一个帆布袋，学校毕业时搬家竟动用了一部小发财车，当时已觉得是颇大的背负。

幸好去服了兵役，第二次回到台北，又是一只旅行袋，然后路愈走愈远，背的东两也日渐增加，虽然经常搬迁、舍弃，增加的东西却总是快过丢的速度。有时想起一只旅行袋走天下的年轻时的身影，心中不免感慨，那时身无长物，只有满腔的热血和志气，每天清晨在旅行途中的窗口看见朝日初升，总觉得自己像那一轮太阳。现在放眼四顾，周围堆满了东西，自己青年时代的热血与壮志是不是还在呢？

在时光的变迁中，有些事物在增长，有些东西在消失，最可担忧的恐怕是青春不再吧！许多事物我们可以决定取舍，唯有青春不行，不管用什么方法，它都是自顾自行走。

记得十年前一个寒冷的冬天，我住在屏东市一家长满臭虫的旅店，为了想看内埔乡清晨稻田的日出，凌晨四点就从旅店出发，赶到内埔乡天色还是昏暗的，我就躺在田埂边的草地等候，没想竟昏沉沉地睡去，醒来的时候日头已近中天。

我捶胸顿足，想起走了一个小时的夜路，难过得眼泪差一点落了

假若知道有阳光或者没有阳光，

人都能有观照的角度，

就知道了舍与不舍，

都是在一念之间。

下来。正在这时，我看到田中的秧苗反映阳光，田地因干旱而显出的裂纹，连绵到远天去，有非常之美，是我从未见过的景象，立即转悲为喜，感觉到如果能不执着，心境就会美好得多。

那时一位农夫走来，好意地请我喝水，当他知道我来看日出的美景时，抬头望着天空出神地说："如果能下雨，就比日出更美了。"我问他下雨有什么美，他说："这里闹干旱已经两个月了，没有下过一滴雨，日出有什么好呢？"我听了一惊，非常惭愧，以一种悔罪的心情看着天空的烈日，很能感受到农夫的忧伤。

后来，我和农夫一起向天空祈求下雨，深切地知觉到：离开了真实的生活，世间一切的美都会显得虚幻不实。

假若知道有阳光或者没有阳光，人都能有观照的角度，就知道了舍与不舍，都是在一念之间。

不只是搬家，每个人新的一天，都是从这一站到那一站，在流动与迁徙之中，只要不忘失自我，保有热血与志气，到哪里不都是一样的吗？

我们现在搬家还能自己做主，到离开这个世界时也是身体的搬家，如果不及早准备，步步为营地向光明与良善前进，到时候措手不及，做不了主，很可能就会再度走进迷茫的世界，忘记自己的来处了。

花季与花祭

住在阳明山的朋友，在春天将过尽的时候，问我：“今年怎么没有上山去看花？花季已经结束了，仅剩一些残花呢！”言下之意有惋惜之情。

往年春天，我总会有一两次到阳明山去，或者去看花，或者去朋友家喝刚出炉的春茶，或者到白云山庄去饮沁人的兰花茶，或者到永明寺的庭院里中冥想，或者到妙德兰若去俯视台北被浓烟灰云密蔽的万丈红尘。

当然，在花季里，主要的是看花了。每当在春气景明看到郁郁黄花、青青翠竹，洗过如蒸汽洗涤的温泉水，再回到红尘滚滚的城市，就会有一种深刻的感慨，仿佛花季是浊世与净土的界限，只要一不小心就要沦入江湖了。

看完阳明山的花，那样繁盛、那样无忌、那样丰美，正是在人世灰黑的图画中抹过一道七彩霓虹，让我们下山之时，觉得尘世的烦琐与苦厄也能安忍地渡过了。

因此阳明山每年的花季，对许多人来说是一场朝圣之旅，不只向外歌颂大化之美，也是在向内寻找逐渐淹没的心灵圣殿，企图拨开迷雾，看自己内心那朵枯萎中的花朵。花季的赶集因此成形，是以外在之花勾起心灵之花，以阳春的喜悦来抚平生活的苦恼，以七彩的色泽来弥补灰白的人生。

每年花季，我带着这样的心情上山，深感人世里每年花季，都是一种应该珍惜的奢侈，因而就宝爱着每一朵盛开或将开的花，走在山林之间，步子也就格外轻盈。呀！一年之中若是没有一些纯然看花的日子，生命就会失落自然送给我们的珍贵礼物。

可叹的是，二十年来赶花季的人，年年倍数增加，车子塞住了，在花季上山甚至成了艰难痛苦的事。好不容易颠踬上山，人比花多，人声比鸟声更喧闹，有时几乎怀疑是站在人潮汹涌的忠孝东路。恶声恶状的计程车司机，来回阻拦的小贩，围在公园里唱卡拉 OK 的青年，满地的铝罐与饮料瓶……都会使游春赏花的心情霎时黯淡。

更令人吃惊的是，有时赏花到一半，突然冒出一棵树枝尽被折去，只余树顶三两朵残花的枯树。我一直苦思那花枝的下落而不可得，有一次在饶河街夜市看人卖梅花才知道了，大枝五十元，小枝三十元，卖的人信誓旦旦地说是阳明山上剪下来出售的。

心情的失去，也使我失去今年赏花的兴致。

住在山上的朋友则最怕花季。每年花季，上班与回家都成为人生的痛苦折磨，他说：“下了山，怕回家；上了山，就不敢出来了。真是痛恨什么鬼花季呀！”因为花季，使住在花园的人不敢回家；因为

心里常有花季的人，什么时候都是很好的。

即使花都谢落，也有可观之处。

心里常有彩蝶的人，

任何时候都充满颜色，有飞翔之姿。

花季，使真正爱花的人不敢上山赏花；因为花季，纯美的花成为庸俗人的庸俗祭品。真是可哀！

我想到，今年也差不多是花季的时候，我到美浓的“黄蝶翠谷”去看黄蝶，盘桓终日，竟连最小的一只黄蝶也未曾看见，只看到路边卖烤小鸟与香肠的小贩，甚至也有卖野生动物与蝴蝶标本的。翠谷里，则是满谷的人在捉鱼、捞虾、烤肉……翠谷不再翠绿了，黄蝶已经渺茫了，只留下一个感叹的无限悲哀的名字“黄蝶翠谷”。

陪我同去的哥哥说，这翠谷即将建成水库，水库一建，更不可能有黄蝶了，附近美丽的双溪公园和高大的南洋杉都会被淹没，来这里的人多少是抱着一种朝圣的心情，好像寺庙将拆，大伙儿相约来烧最后的一炷晚香。

我的晚香就是我悲凉的心情。我用无奈的火苗点燃叫作惋惜、遗憾、心痛的三炷晚香，匆匆插在溪谷之中，预先悼念黄蝶的消失，就沉默地离开了。

花是前生的蝶，蝶是今生的花，它们相约在春天，一起寻访生命的记忆。蝶与花看起来是多么相似，一只蝶专注地吸食花蜜时，比花更艳静得像花；一朵花在晨风中摇动时，比蝶更翻飞得像蝶。因此，阳明山的花季和美浓溪谷的黄蝶，引起我的感伤也十分近似。

蝶的诞生、花的开放，其实是一种最好的示现，示现了人生的美丽的确短暂，在我们生命中一切的美丽真的只是一瞥。一眨眼间，黄蝶飘零，春花萎落，这是人生的无常，也是宇宙的无常。花季正是花祭，蝶生旋即蝶灭，只是赏花看蝶的人很少做这样的深思，因此很少人是庄子。

失去了蝶的溪谷还有生机吗？

落了花的山林是不是一样美丽呢？

在如流如云的人生，在如雾如电的生活，偶然的一瞥是不是惊动我们的心灵呢？

我们不能深思，不能观照，因而在寻花、觅蝶的过程，心总是霸道的。我们既不怜香，也不能惜蝶，只是在人生中匆匆赶集，走着无明刚强的道路，蝶飞走的时候，再也没有人去溪谷，花凋零的时刻，再也无人上山了。

好不容易花季终于结束，梅雨季节正要来临，我决定找一个清晨到阳明山去。

“过两天我上山去看花祭。”我对朋友说。

“可是，花季已经结束了呀！”朋友说。

我说：“花祭，是祭奠的祭，不是季节的季。”

“喔！喔！”

心里常有花季的人，什么时候都是很好的。即使花都谢落，也有可观之处。

心里常有彩蝶的人，任何时候都充满颜色，有飞翔之姿。

“花都谢了，还有什么可看的呢？”朋友疑惑地说。

“看无常啊！”

无常，才是花开花谢，蝶生蝶灭最惊人的预示！

无常，也才是人世、山林、浊世、净土中最真实的风景。

温柔的世界观

今天是年初三，台北意料之外地显得格外冷清，这个由大部分外地人组成的城市，由于工商业的突然休息，使我更感觉到遥远而陌生了。

亮亮，在往昔，每到过年我总是拼命赶回老家去，使我从未在过年时看过这个城市，今年，我的母亲想来台北和我们团聚，竟使我意外地在台北过了年。

晚上，独自走过家附近堆放垃圾的地方，发现了这平常堆置垃圾的角落，垃圾堆得简直像山一样，令人作呕的恶臭飘散在四处。原来，因为过年，垃圾车放假三天，已经有三天没有来收垃圾了，市民们养成了夜里把垃圾向外倾倒的习惯，加上过年的垃圾倍增，才出现这比平常可怕的景象。

我不知道为什么过年要停收垃圾，这真是一个愚笨的政策，过年当然是很重要，但过日子比过年还重要，电信、电力、交通、军队甚至戏院、百货公司都可以不休过年，关系到一个城市健康的垃圾收集，怎么可以休假三天呢？想想看，一个城市三天的垃圾堆积，会对卫生环境产生多么重大的危害？但愿明年能够改变这种决定，使留在城市过年的人，也能过干净的年。

现代人制造过多垃圾

然后我走过几条街，发现处处都是垃圾堆，街道也没有平日整洁。和我一起散步的母亲，用一种很惊奇的语气问我："台北人是怎么制造出这么多垃圾呢？"

真是一个好问题，这个问题应该也适用别的城市，例如说："高雄人是怎么制造出这么多垃圾呢？"也可以说适合现代生活的共相，例如说："现代人怎么如此会制造垃圾？"垃圾的爆炸是世界性的问题，没有一个现代国家不为垃圾所困扰。

现代人的消费生活真是不同以往了，许多可用的东西因为消费的关系，在它的价值还未用尽时，就被丢弃了。有一年春天，我到美国旅行，在纽约住了一个月，到过纽约一些朋友的家里，有的朋友的家用品几乎全是垃圾堆中捡来的，他们捡到的东西有打字机、洗衣机、电视机、电冰箱、沙发、波斯地毯，还有电话、电脑等等，东西多到令人惊叹！那些东西都是半新的，有的只是不再流行，就被丢弃了。

我的朋友都是中国艺术家，他们一向惜福，又有创造力，把一些街头垃圾变变花样、改改颜色，就把一个家弄得有声有色，一点也看不出是垃圾。他们都还蛮有尊严，不吃美国人倒掉的食物，其实有很多食物也都尚可利用，每到夜里，就有很多流浪汉在垃圾堆里找东西吃。

有一位朋友告诉我："美国现在国力弱了，完全是浪费的结果。美国将来如果会沦亡，必是不会珍惜物产所导致。"这话说得有点夸张，却是值得深思的。美国，特别是纽约有一些街头雕塑家，喜欢把垃圾堆捡来的材质——金银铜铁，也就是台语说的"坏铜旧锡"——焊接成巨大的雕塑，耸立街头，看到这些垃圾雕塑，总使我仿佛看到现代文明中最可忧虑的问题。

尤其是像我这样出生于穷乡僻壤的人，虽说早已习惯了都市生活，但由于童年的记忆，当我看到人们不爱惜东西时，心里都生出一些刺痛，每当自己丢弃一些尚可使用的东西时，更加地不安。关于"爱惜东西"，我想可以举一个例子来说，我童年时代家家户户都有养牛，放牛吃草便成为日常重要的事。

我的童年没有垃圾

每天，把牛赶到草地吃草，我们手里就提着一个中美合作握手的肥料袋，有的牛在草地上大便，我们就趁热捡起来放进袋中，有的牛在半路上大便，我们就安心等候，然后把牛粪放进袋里，一天可以捡十几团牛粪。捡回家后把牛粪一团团拿出来铺在晒谷场上曝晒，等它干了，就是生火烧饭最好的材料——那时没有瓦斯、电锅，甚至连木材都舍不得用太多。

为什么要捡热热的牛粪呢？因为如果遗落在路上，别的人看见一定捡起来带回家去。这已经是快三十年的往事了。直到如今，我思及拾粪的景象，就好像真的闻到了牛粪的气息，手里还感受到牛粪的热度。

真是不可思议吧！亮亮！有一次我和一个朋友在路上同时看到一团牛粪，互相“礼让”半天，最后把牛粪分成两半，一人带一半回家。说起来像是远古的神话，却是近在眼前，那个时代并不遥远，大家都非常珍惜事物，想想看，连一个牛粪都要捡，别的更不用说。

一直到现在，我都维持着碗中不剩下一粒饭的习惯，那是由于我随父亲种田，知道一粒米的长成是多么不易。

所以，我的童年几乎是没有垃圾的，所有的东西都用到最后一分价值，才被丢弃。

有一次我把这个观念告诉一位朋友，他是在城市的富裕家庭中长大，他不相信“人可以不制造垃圾”的观念。直到有一年他到不丹、拉达克去旅行，回来才告诉我，他完全相信了我的话，那里的生活大约是三十年前的台湾，朋友带去的卫生竹筷、保丽龙碗、纸袋子、罐头吃完的空罐，只要一丢掉就被捡去用了，他说：“简直没有垃圾，一点垃圾都没有，真是不可思议。”

是的，非常不可思议。不过，没有垃圾的生活，或者说是物质条件差的生活，不见得就比富裕的生活差到哪里去。就以不丹、拉达克来说，一向被认为是人间的仙境，是失去的地平线，在那里生活的人，他们有很高超的宗教文化，也有极深邃的人文思想，不见得会比纽约人逊色。

就说到过年，我感觉到从前的孩子在过年时所感受的幸福比现在的孩子要大得多，穿新衣、戴新帽对现在的孩子早就失去意义（现在的孩子新衣新帽太多了），吃年夜饭、守岁也不稀奇（天天大鱼大肉习惯了），甚至连压岁钱也不会有多大快乐（每天有零用钱就不稀罕了）……回想起我们童年过年的那种快乐，看看自己的孩子对过年平淡的反应，就知道物质生活不能代表什么，精神的喜悦才是真实的快乐。

大丈夫才能真正的温柔

从生活的垃圾想到了生命的垃圾，现代人的生命观点也逐渐制造出垃圾来了。不知道别人怎么想，我感觉中的现代人愈来愈冷漠而僵硬，不像农业社会那样温柔了，当然这也是工商社会的特质，只是，为什么生活在现代的人，就不能有一个温柔的世界观呢?

温柔，是温暖而柔和。

时时和别人维持良善的关系，是温暖。

时时想到能利益社会与人群，是柔和。

温暖，就是佛教中的大慈。

柔和，就是佛教中的大悲。

在佛教经典中曾记载过一个非常慈悲温柔的人，故事我已经忘记了，却记住形容他温柔慈悲的一句话："践地常恐地痛"，使我大为感动，当一个人踩在地上时都怕地被踩痛，那么，对待世界就可以做到绝对的温柔。

温柔，不是弱者的行为，唯有大丈夫才能真正地温柔。

要有温柔的世界观其实不难，就是珍惜“小福”，我们普通人一生中很少有什么大福报，但是在每天里有小小的福分，有小小的喜乐，有小小的温暖，有小小的对人的关怀与爱，有小小的珍惜……这些小福如同棉线一般，编织起来就会是一张温暖柔和的生命之网，看起来柔弱，事实上非常坚强，不至于被现代的冷漠和僵硬所淹没。

亲爱的亮亮，不珍惜小福而想追求大福报，是绝无可能的，唯有珍惜小福，才使生命的每一天都演奏庆典的音乐，过一种没有垃圾的生活。

让我们培养一种温柔的世界观吧！

一粒美国来的麦子

前一阵子，电视连续剧《包青天》非常轰动；这一阵子，则是由《阿信》当红。其实，这两档连续剧都是制作费不多、剧情单纯的戏，而且都有老旧的倾向。《包青天》固是古人，戏也是老戏新拍；《阿信》更不用说了，当年的童星小林绫子现在已经是亭亭玉立的少女，戏的老旧可想而知。

照理说，以连续剧号召观众的标准，要够热闹、要大场面、要新奇、要卡司坚强等条件，《包青天》和《阿信》都不符合要求，那么，这两出剧情单纯、场面不大、思想保守、没有卡司的戏，怎么会大红大紫呢?

我想，有一个非常简单的、常被评论者遗忘的观点，就是《包青天》和《阿信》从侧面反映了时代和人性。

在这个时代，大部分的价值都在崩解，许多做官的人是非不分，行径有如小偷强盗，而整个社会弥漫着混乱与不安，使我们感觉这是一个“非常负面的社会”。我们在内心里渴望着有像包青天那样明

断是非、廉能有为的台湾当局；我们也渴望着那些传统善良的价值能够重现：有一个人人都是好人的社会，《阿信》正是反映了这样的期许。

除了时代，人性的沦落也促使我们向往光明的救赎。当我们说这个社会日益暴力、色情、无法无天，相信没有人会反对。电视新闻报导增加为一小时，报纸增长成五十版，我们所看到的几乎全是“坏消息”，是“报忧不报喜”，这不只是新闻媒体爱挖墙脚而已，也反映出社会上的人性品质愈来愈败坏了。

既然社会败坏、人性沦落，已是无可奈何的事，在休闲的时候，我们如果还看那些打打杀杀的电视、情色纠缠的文学，不只是自苦，简直就是酷刑了。

《包青天》与《阿信》的轰动，或者可以说多少象征了人心求治、社会还有希望，但也应该带给我们反省：新闻报导、传播媒体真的是黑暗面才有市场吗？我们可不可以把版面的一半留给正面的报导呢？

我在内心里深深地相信，在我们的官员里一定还有很多“包青天”，我们社会的各个角落里也一定有很多的“阿信”，只要能报导他们，是不愁没有收视率的。如果能在媒体中潜移默化，也算尽了媒体的责任！

最近读到一篇报导。台东基督教医院创办人谭维义，在台湾服务了三十三年，最近要退休返美了，台东人主动为他办了一个盛大的欢送晚会。在会上，许多人都因为感恩和别离流下了眼泪。

谭维义院长把他的大半生奉献给偏远的台东。三十三年来，他没有支领过一毛钱的薪水，离开台湾的前夕，他两袖清风、身无片瓦。如果不是他九十几岁的老母亲一直叫他返回美国陪伴，他还真舍不得台湾。

在医疗资源匮乏的台东，谭院长救人无数。他谦逊地说：“我只是做了我应该做的事。”

读了这则报导使我深受感动，觉得看到一个高风亮节的人格，自己的心也被照亮了一样。

谭院长给台湾的临别赠言，非常感人，他说：

“台湾处处跟着美国走，但千万不要学美国，让暴力染指社会。你们要记得，爱比恨强，善比恶更有力量。

“医疗是服务奉献的工作，现在该是中国台湾人回馈社会，以及中国年轻医生站起来为自己的国家、社会牺牲的时候。”

像谭维义院长的故事，不只写成报导感人，相信拍成电视剧也一定很好看的。我们不必到古代找“包青天”，也不必到日本找“阿信”，只要做电视的人多用点心，感人的事迹不是唾手可得吗？

“永远相信远方，永远相信梦想。”

“爱比恨强，善比恶更有力量。”

在一个负向的时代与社会，正向的质量有如沙中的黄金，数量虽少，必有耀眼的光芒。

踩　钱

旧友李铭盛在一家艺廊展出观念艺术，展出的艺术十分新奇，他把千元和百元新钞铺满画廊的地上，让观众脱鞋进去踩。画廊的墙上则挂了几幅用金箔打成的画作，每一幅都用了黄金数两。

这个展览光是铺在地上的钞票与挂在墙上的黄金，价值高达一百万元，还特别请了保安公司二十四小时戒护。凡是在这个展览场走过的人，相信都会对金钱的价值有更深的思考。

从一个更高的观点看来，钞票无非是纸，黄金则是矿物，它的本身并无价值可言，而是由于人的认定才有价值的。

李铭盛的展览是提供一个重要的反思，让我们深一层思维钱财的真实价值，一个人的钱财如果够用，对于金钱的追逐就成为数字，我们只是在不断累积数字，让自己心安，以便随时可以过更奢华的生活。

可叹的是，这个社会由于长久以来的金钱游戏，已经使贫富差距日渐加大，消费指数则愈来愈高。许多份世界性的调查都指出，台北已经成为世界上物价第二高的城市，物价仅次于日本，但如果与日本东京市民的高收入相比，台北则已经是世界第一物价高的地方。

“贫富差距”一天比一天大，“物价指数”一天比一天高，带来的最恶劣结果，就是“拜金主义”，人人唯金钱是尚，日夜追逐，又带来更大的差距、更高的指数，恶性循环，台北的将来是令人忧心的。

这种忧心可以说是来自两方面，一方面是生产事业没人做，投机事业才有人做，久而久之，社会的生产力会萎缩，奢靡的风气会增长。一方面是基础的工作失去吸引力，暴利成为追求的目标。现在如果有人去担任教师、职员、低层公务员，社会评价是很低的，原因在于他们的待遇与暴利相比显得差距过大。过去几年来，像投资公司、房地产、股票、六合彩的大起大落，都可以说是人们追逐暴利所产生的现象。

以金钱为人生单一价值取向的人，免不了人格就会有缺憾，在有钱的时候，他会变成傲慢、奢侈、趾高气扬的人；在没钱的时候，就会变得自卑、畏缩、自暴自弃。更悲哀的是，不管有钱没钱，对这个社会的其他人都会有比较心、抗争心和仇恨心，他在追逐的过程便会不择手段。

有一个笑话说，有一个人大白天在大街上当街抢路人的钱，立刻被送进官里去，警察问他说：“你怎么敢当街在那么多人的面前抢别人的钱呢？”

那人说：“那时候我眼里只有钱，根本看不到有人呀！”

眼中只看到钱的人，要让他考虑到别人，考虑到社会责任无疑是缘木求鱼。

住在台北的人大概会有这样的共同经验，如果你开了一部好车，每隔几天就会有人用铁钉或硬器来刮你的车；如果你开的是好车、新车、名车，很可能连大灯和轮胎都会被击破。一位住阳明山高级别墅的朋友说，他时常在家里收到特别的礼物，例如有人从围墙丢进冥纸、狗屎、石头……这是世界少有的怪象，有钱并没有什么罪过，因金钱而贪婪、瞋恨、愚痴，才是令人齿冷的。

当然，物价高昂，年轻人要出头不易，据说台北的青年平均工作三十二年才可能买到自己的房子，但这都不应该是藉口，如果有健全的心智，物质生活差一点还难不倒我们，因为我们应该踩钱，不应该被钱所踩。

愈是物欲横流的社会，愈能考验一个人的格调吧！

其实，台北的生活也可以很简单，一斤米十八元，一把青菜十元，一个馒头六元，一斤肉四十元。只要十元铜板，可以从南港坐车到圆山。成衣市场里，一件很好的衣服才卖一百元。当我们有单纯的心，能过单纯生活的时候，我们就可以兴高采烈地踩钱了。

痛苦是伟大的开始

今天我讲了很多关于痛苦的事情，这并不表示我自己没有痛苦，我也和大家一样，每天都在面对痛苦，我只是觉得我们应该更坦然地面对自己的痛苦。

《百喻经》里有一个故事说，从前有一个秃头的人为自己的秃头感到十分痛苦，他冬天太冷，夏天为了遮炎又戴假发，结果太热。他告诉朋友说："我秃头得很痛苦，好想自杀算了。"他的朋友说："你不用那么痛苦，我知道离这里二十里外，有一个非常高明的医生，什么疑难杂症都会治，只要你去找他，他一定可以妙手回春，你就不用自杀了。"秃头者听了非常高兴，便徒步走到二十里外去找医生。

当他见到这个名医时，连忙将自己秃头的烦恼一古脑说出来，医生听完他的述说后，便将自己的帽子脱下来，原来医生也是个秃头，医生指着自己的头说："你看到我的头了吗？是不是和你一样？"那个人点点头，医生说："既然我不能医好自己的秃头，又怎么能够医治你的秃头呢？不过，我能忠告你的是：虽然不能治好它，却不要为它烦恼。”

释迦牟尼佛说，这个名医就是诚实无欺。佛也是如此，是真语者，实语者，不妄语者。

我和大家谈了许多痛苦，说不定我比大家还痛苦，但是我可以告诉大家的是：不要被痛苦所左右，不为痛苦而烦恼。我自己秃头，我并不烦恼；我也痛苦，但是我也不烦恼，为什么呢？因为我们没有时间烦恼。在痛苦来临时，我常常提醒自己：我没有时间沉溺在痛苦里面，或被痛苦所转，我必须立刻跳出来，因为无常可能很快就到。其次，我告诉自己，现在所有的痛苦都是我理当承受的，所以我无怨地接受它、忏悔、发愿，努力地向前走。经常想到无常和自己的恶业，同时不断地忏悔，就能用更宽广的见解去包容痛苦，因为这个世界上的痛苦并不全然是坏的，有很多好的东西也是痛苦的。

去年，我在香港的百货公司买了一大尊罗汉骑在犀牛上向前冲的陶器，买完之后，售货人员拿了一个很大的箱子，塞了一些碎纸、稻草，然后将陶器放进去，还告诉我东西放在箱子里，即使寄空运也不怕摔破。回到旅馆后，我愈看那箱子愈大，心里开始有点紧张，怕托运会摔坏，于是决定把陶器改装到袋子里，自己提着上飞机。谁知在飞机上走不到几步路，因为袋子实在太大了，一个不留神撞到旁边的椅子，只听到“铿”的一声，犀牛的腿断了一只。当时我坐在飞机上，心里非常后悔为什么要把箱子丢掉，这个箱子里的破报纸、稻草对陶器来说，价值是等同的，失去这些东西的保护，陶器破了，也失去了它的价值。

所以，我们要认识到，只要自己的内在有一个最珍贵、最美好的陶器就好了，至于其他的破报纸、稻草都是无关紧要，只不过是用来包围这个陶器，使我们可以安然地将它带到自己要去的地方。到了那个地方，我就会把这些碎纸、稻草丢掉。

人生遭遇到的痛苦也像这些破报纸和稻草一样，看起来无用，却往往能保护我们的陶器不会破裂。所以，痛苦是伟大的开始，好好享受我们的痛苦，大家一起努力来面对它，坚定地走向菩提之路，希望从此以后不要再痛苦。至于要如何做，日后才不会再痛苦？只有四个字最简单、最有效、最快速，就是：“阿弥陀佛。”

在每一个黎明醒来

林大哥：

好感激您昨天挪出一下午的时间给我，这对我而言实在太重要了。在回程中，我反复思索着您的话语，想起您那温暖包容的心，及对人世间的悲悯胸怀，直想落下泪来。

在对您诉说心事时，不知为什么，我突然发觉自己所承受的苦实在是微不足道，而自己为这些事来烦扰您更有些可笑，因为它是那样地渺小。但您的耐心与慈心，竟使我的心境也变得平静起来，我当时真的不以为苦了，反而觉得对生命又生起了一丝希望。

但是我的信心何其薄弱，此时此刻，我必须靠着阅读您的书，不时提醒自己具备“柔软心”，来坚固自己刚萌芽的脆弱意志。我想，我做的不是很好，还时时会被那种沮丧的感觉缠绕，那是一种惶恐而绝望的深渊，我真的很害怕。不知要到何时，我才能真正拥有一颗清明的心，不要有嫉妒、不平。我愿意就您所指点的方向努力一试。

随信附上的这套录音带对初学ㄅㄆㄇ的孩子很有用，或许对小亮言会有些用处，所以请替我转送给他。并转告他，我喝了他所“加持”（不知写对了没）的水，感觉好多了，从他身上我感受到了最真挚善良的童心，使我十分感动。如果我也能拥有这份童心多好。请代为谢谢他。

再次谢谢您，如果您及大嫂愿意，我希望能时时去找你们，这能使我强烈地感受到生命原是可以活得如此有意义。

台北市谨玫敬上

谨玫：

过了这许多天，你一定好多了吧！

这个世界的苦恼与挫折不是单单为我们打造的，人人都要去面对它，虽然这种面对有时是冷酷、悲哀的，可是许多人都已经超越过你现在正在面对的烦恼，相信你必然也可以超越的，加油！

我常觉得特别是心思细致、敏感的人，活在这个世界上所感受到的苦是加倍的，不过反过来说细致敏感的人所得到的快乐也会加倍，智慧也会加倍。你也是这一类型的人，不要气馁，应该欢欣才好。

在一天里，绝对不会有第二次的黎明，因为人生实在太短促了，所以我们要把握每天的黎明，早上醒来给自己一个诺言：这是崭新的一天！我要以崭新的态度生活！

在每一个黎明醒来，有一些会心的悟。

在每一个黎明醒来，接受阳光的温暖、光明。

在每一个黎明醒来，

有一些会心的悟。

在每一个黎明醒来，

接受阳光的温暖、光明。

在每一个夜晚睡去，放下当天的忧伤。

在每一个夜晚睡去，放下从前的一切忧伤。

你是个好女孩，你所遭逢的不是你的错，而是由于因缘本来就有无常错谬的必然性，而情感里又有苦的本质，我们能做的，就是去体验这无常之苦，细细品味这苦的滋味，然后去超越它。

明朝有一位澹悟和尚，写过一首很短的词：

铅泪结，如珠颗颗圆；

移时验，不曾一颗真。

意思是一个人的泪珠落下的时候，就好像铅一样的沉重，像珠一样颗颗是圆的，但是过了那个情境检验起来，没有一颗是真实的呀！我把这首词写了送你，希望你很快度过人生的幽黯时间。

你寄给亮言的录音带已收到，很谢谢你，你走后，他对我说：“阿姨喝了我加持的大悲水，不知好了没有？”

他叫我再转告你一件事，不要再去你买枇杷的那家店买水果，因为你送的枇杷看不见的地方全是坏的，可见老板心肠不好。

我们很欢迎你来玩，特别是忧伤烦恼的时候，我们都很愿意帮助你分担。

敬祝

平安吉祥

林清玄敬上

海岸破晓

走路到海边去看太阳升起的那一刻。

这时是秋天，夜的寒气竟能穿过衣裳，满林子的雾流来流去，地上草尖的露水，当我踩过，仿佛都飞溅起来，湿了裤管。

鸟还没有开始醒来，所以南台湾最哗闹的热带林子此时异常的沉静。林间的黑幕与沉静相映，我小心拿着电筒，探寻到海边的出路。

终于到海边了，但海的景象令我吃惊，从天空到海面，一片墨黑，像是墨汁喷洒在整个海边。我从前没看过这么黑的云，尤其是靠海岸的云，墨块一样，紧紧地凝结。

黎明似乎是从遥远的地方走来，黑云开始飞跑，天边的明亮从层层的黑色中穿透，这是海岸的第一丝光明，撕破了整个天幕。我才知道，为什么清晨被称为是“破晓”。

不只天破了，雾散了，鸟也都醒了，蝴蝶、蜻蜓、不知名的虫子都从林间飞起。

人何尝不是如此，被无名的黑云所笼罩的时候，会以为光明已在人间失落；但如果能撕开那层黑幕，就会知道，阳光从未离开。

月光下的海

有谁会在最深沉的夜色里，坐在无明黑暗之一角，静静地看海呢？

有谁会在黑暗中看黑暗的海时，遮在天空的乌云突然散去，看天下的月光像电影的慢镜头一样，一点点、一片片地飘落到海面上呢？

那时，月光像极了一场洁白的雪，落在海上，飘着，闪着幽微之光，就不再溶化了。

月光落在海上后，我们就分不清到底是月的光或海的光了，因为海的自身也有光明，微微地透射出来。常常，海里来的光更能使我们感觉到实际的存在。

海反映月光到了深处，海的本身就有了光明；人如果向往光明、反映光明，到了心灵深处，自己就会发出光明的照耀。

失恋之必要

这些年来，我时常思考到爱与恨的问题，因此收到你的来信感到特别心惊，你说到连续谈了三场恋爱，被三个不同的男人抛弃，感受到每一次谈恋爱的感觉愈来愈淡薄，每一次被抛弃则愈来愈恨。

第一次失恋，你的感受是：真恨！真想报复他！

第二次，你更进一步谈到：我一定要想办法报复！

第三次的时候，你的心喷出这样的火焰：我要杀死他！

读了你的信，使我在夜暗的庭院中再三徘徊，抬头看着远天的星星，月光如洗，呀！这世界原是这样的美好，为什么人的心中要充满恨意来生活呢？由于怀恨，我们的心眼昏眠，就看不见世间一切的好，自然也看不到自己在这里面的角色了。

我们时常谈到爱恨，但很少人去深思爱恨的问题，我现在用佛经的观点来看看爱恨，在南传的《法句经》里，把爱分成四个转变，也就是四个层次：

一、亲爱——对他人的友情。

二、欲乐——对某一特定对象的爱情。

三、爱欲——建立于性关系的情爱。

四、渴爱——因过分执着以至于痴病的爱情。

这四个层次逐渐加深，也就逐渐产生了苦恼，因此经上说了一首偈：

从爱生忧患，从爱生怖畏；
离爱无忧患，何处有怖畏？

苦恼生出恐惧，恐惧生出悲哀，悲哀再转为嗔恨，其实如果往前追溯，爱与恨是同一根源，好像手心与手背一样，所以佛陀说："爱可生爱，亦可生恨；恨能生恨，亦能生爱。"

什么是恨呢？经典里把忿恨连在一起，说它们是五种障道的力量，也是十种小随烦恼的两种：忿，恨之意，对有情、非情产生愤怒之心。恨，于忿所缘之事，数数寻思，结怨不舍。五种障道之力是欺、怠、嗔、恨、怨，欺能障信，怠能障进，嗔能障念，恨能障定，怨能障慧。

那么，像忿、恨、恼、嫉、害则是以嗔为体，嗔与贪、痴合称为"三毒"，贪与痴加起来产生嗔，所以嗔是心的最大障碍，在《大智度论》里说："嗔恚其咎最深，三毒之中，无重此者；几十八使中，此为最坚；诸心病中，第一难治。"

好了，现在我们知道爱欲与嗔恨的本质是相通的，我们可以来思考一些有趣的问题，一是爱虽然会转为恨，却不一定会转为恨，也可以说，失恋会使一些人意志消沉、忿恨难平，却也能使另外一些人更懂得去爱，开发更广大的胸怀，不幸的，你是属于前者。二是爱恨虽能束缚我们，它只是心的感受，有如波浪之于大海，其中并没有实体，是缘起缘灭罢了，可叹的是，大部分人不能随缘，反而缘起即住，爱的时候陷溺在爱里，恨的时候沉沦于恨中。

一般人在爱恨的时候很少有检验的精神，很少反观这情绪的变化，因此就难以革新与创发。久而久之，爱恨遂成为一种模式。

“由爱生恨”是最固定的模式，我们从小就被教育了这种模式，我们在电视、小说、电影里学习到这种模式，在亲戚朋友身上感染这种模式，反映到真实生活里，我们在爱情失败时，随之而起的便是恨，没有一个例外，我把这种叫做“模式反应”，那有点像蚊子从我们眼前飞过，它不一定会伤害我们，但我们会下意识地举手去扑杀它一样。

如果不是“模式反应”，为什么千百万人失去爱的时候都反射出恨呢？那是不是人性的真实呢？我有一个朋友说过，欧洲人与美国人失恋，所带来的恨意就比中国人或日本人淡薄得多，大部分西方人在失恋、离婚之后都能与从前的伴侣做朋友，那是他们的模式反应，没有像我们一样。

为什么我要和大部分人一样，失恋就憎恨呢？可不可以做一个卓然的人，失恋也不恨呢？

失恋的恨，那是由于两个原因，一是认为失恋是坏事，二是我们

为了爱，失恋是必要的；
为了光明，黑暗是必要的。

沉沦于过去的觉受。

我曾经在笔记上写了两句话："为了爱，失恋是必要的；为了光明，黑暗是必要的。"

那就好像，如果我们不饥饿，就无法真正享受食物；如果我们不生病，就不知道健康的可贵；如果我们不年老，青春对我们就没有意义；如果我们要种莲花，没有烂泥巴是不行的……

失恋不是坏事，春天过了就是夏天，秋天过了就是冬天，这是必然的过程。我们热爱春秋，但并不能阻挡炎热与寒冷的来临；我们热爱莲花、玫瑰、金盏花、紫丁香，但我们不能使它不凋零。

我们不喜欢凋零，然而，凋零是一种必然。

过去不能让它过去，未来不愿等待未来是人生最大的悲剧，其实，再怎么好的恋爱，每天都是不同的，我们甚至无法维持对一个人的爱，从早上到晚上都保有同一品质。也就是说，再好的爱都会失去，会成为过去式。

我们之所以为失恋烦恼，是因为我们不愿面对此刻、融入此刻，老是沉湎于过去。可叹的是沉湎于过去的人会失去生的乐趣，失去发现的乐趣，失去创造的可能，失去爱的能力。如果我们愿意走出来，就会发现就在此刻，就在门外，就有许多值得爱的人、许多值得爱的事物。

当然，不只是许多人值得爱，也有许多人等着爱我，只是我关在过去的枷锁里，他们没有机会来爱我吧！我要得到更好、更珍贵、更真实的爱，首先是使我的心得到自由。

看你满腹烦恼、满脸忿恨、满脑子报复之思，就是有这世界上最好的对象，也会被你错过了呀！

让我们一起来做一些创造性的工作，每天清晨起来，把昨天的爱恨全部放下，从零出发，对着镜子好好展现一个最美的笑靥吧！然后梳妆打扮（从心里的庄严开始），把自己最好的、最有魅力的那一面提起来，挺胸抬头走出门外，那才是今天的你、此刻的你，既然你认为自己是善良而美丽的，为什么不把善良和美丽表现出来呢？

如果是我，使我动心的异性，是那些有生机、有活力，能微笑走在风里的人，而不是怀忧丧志，满腹忿恨的人呀！

我说的这些都不是空话，而是我自己的体验，是我的开发与创造，说来你也许难以相信，我很感激那些从前抛弃过我的人，如果没有她们，就不会造就今天的我呀！

那些没有经过监狱的悲惨的人，不会懂得外面的世界是多么值得欢喜与感恩，你现在知道心灵监狱的悲惨，一旦你走了出来，就可以知道生命确是值得欢舞和庆祝的。

不要哭了，不要恨了，当你停止哭泣与怀恨的那一刻，我在你的脸上看到春天的光辉，那时，你是多么美，像一朵金盏花在清晨的阳光下温柔地开放。

虽然我没有见过你，但我真的看见了你转化恨意之后，脸上流转的光辉。

生命的化妆

我认识一位化妆师，她是真正懂得化妆，而又以化妆闻名的。

这生活在与我完全不同领域的人，使我增添了几分好奇，因为在我的印象里，化妆再有学问，也只是在皮相上用功，实在不是有智慧的人所应追求的。

因此，我忍不住问她："你研究化妆这么多年，到底什么样的人才算会化妆？化妆的最高境界到底是什么？"

对于这样的问题，这位年华已逐渐老去的化妆师露出一个深深的微笑，她说："化妆的最高境界可以用两个字形容，就是'自然'，最高明的化妆术，是经过非常考究的化妆，让人家看起来好像没有化过妆一样，并且这化出来的妆与主人的身份匹配，能自然表现那个人的个性与气质。次级的化妆是把人突显出来，让她醒目，引起众人的注意。拙劣的化妆是一站出来别人就发现她化了很浓的妆，而这层妆是为了掩盖自己的缺点或年龄的。最坏的一种化妆，是化过妆以后扭曲了自己的个性，又失去了五官的谐调，例如小眼睛的人竟化了浓眉，大脸蛋的人竟化了白脸，阔嘴的人竟化了红唇……”

没想到，化妆的最高境界竟是无妆，竟是自然，这可使我刮目相看了。

化妆师看我听得出神，继续说：“这不就像你们写文章一样？拙劣的文章常常是词句的堆砌，扭曲了作者的个性。好一点的文章是光芒四射，吸引了人的视线，但别人知道你是在写文章。最好的文章，是作家自然的流露，他不堆砌，读的时候不觉得是在读文章，而是在读一个生命。”

多么有智慧的人呀！可是，“到底做化妆的人只是在表皮上做功夫呀！”我感叹地说。

“不对的，”化妆师说，“化妆只是最末的一个枝节，它能改变的事实很少。深一层的化妆是改变体质，让一个人改变生活方式、睡眠充足、注意运动与营养，这样她的皮肤改善、精神充足，比化妆有效得多。再深一层的化妆是改变气质，多读书、多欣赏艺术、多思考、对生活乐观、对生命有信心、心地善良、关怀别人、自爱而有尊严，这样的人就是不化妆也丑不到哪里去，脸上的化妆只是化妆最后的一件小事。我用三句简单的话来说明，三流的化妆是脸上的化妆，二流的化妆是精神的化妆，一流的化妆是生命的化妆。”

化妆师接着做了这样的结论：“你们写文章的人不也是化妆师吗？三流的文章是文字的化妆，二流的文章是精神的化妆，一流的文章是生命的化妆。这样，你懂化妆了吗？”

我为了这位女性化妆师的智慧而起立向她致敬，深为我最初对化妆师的观点感到惭愧。

告别了化妆师，回家的路上我走在夜黑的地表，有了这样深刻的体悟：这个世界一切的表相都不是独立自存的，一定有它深刻的内在意义，那么，改变表相最好的方法，不是在表相下功夫，一定要从内在里改革。

可惜，在表相上用功的人往往不明白这个道理。

妈妈的声音

母亲节的前几天，电视不断播出麦当劳爆炸案嫌犯陈希杰妈妈的访问录音，那心碎而哀伤的声音每次播出，总使我的心为之震动，先是呼唤陈希杰出来投案说明，后来呜咽地叫儿子不要做傻事自杀，应该勇敢地出来承担。

我不知道陈希杰是不是会在某一个角落听见妈妈的声音，以传播媒体的无远弗届，他一定是会听到的，是不是也会像我们这些旁观的人一样，为之心痛落泪呢?

这也使我想到因麦当劳爆炸案而殉职的警员杨季章，他的母亲接受媒体访问，一句话还没有说完，就昏倒了。那声音虽短，却凄厉、惨痛，充满了无与伦比的悲哀。

接着，我们听到了因爆炸案受伤的麦当劳员工陈建中母亲的声音，面对四肢可能残缺、左眼可能失明的儿子，她的声音无助、痛苦而哀怨。

我从这些不同的母亲的声音里，听见了无限与深刻的爱，不论是

歹徒的妈妈、警察的妈妈还是无辜受伤者的妈妈，她们对自己的孩子充满了爱意，特别是在邻近母亲节的时候听起来，感觉到：天下的妈妈都是一样的。

使我不禁想到：如果天下人都愿意多听妈妈的声音、妈妈的叮咛；多想想做一件事时对妈妈可能带来的伤害、妈妈可能蒙受的羞辱，那么天底下的恶事大部分都可以在事前消弭了。

我们这个时代的青年，愈来愈少人愿意听妈妈的声音，可能是基于几个原因，一是自主性愈来愈强，每个人都很酷，妈妈的话语通常是比较保守，比较安全，也比较不酷的。二是生活太不易而忙碌，很少人有时间待在家里，听妈妈教诲或倾诉的时间太少了。三是妈妈那一代的人往往因为环境的关系，无法接受好的教育，在一般人心里就会感觉妈妈是比较落伍的，“好意的叮咛”往往被看成“无知的牢骚”。

但是，我认为妈妈所表达的爱意，并不会由于这些原因而有改变，所有的母亲一定是衷心希望孩子能成材成器的，即使不能成为伟大或成功的人，至少也期待孩子能平安度日。如果我们能以这种期待作为行为的准绳，自然就不会做出伤害母亲、令母亲蒙羞的事。

因此对于那些社会上公认的恶徒，我宁可相信他们也有好的、慈爱的母亲。一个人会为恶，不一定是缺少父母的慈爱，往往是忽视了父母的期待与叮咛，或者说是“利令智昏”，在利诱之下，忘记了妈妈的声音。

以陈希杰为例，他长得一表人才，家里的几个兄弟都很杰出，在师长与邻居的眼中也是有教养的、乖巧的青年，我相信他的母亲一定也和天下人的母亲一样，是慈爱的、常给孩子教诲与叮咛的母亲。

可惜为了六百万元，一个有为的青年，就这样断送了前途。反过来想，一个人可以自己研究，做出这么精密的炸弹，头脑是一流的、双手也是灵巧的；能那样从容不迫地去安置炸弹，心思也是非常细密坚强的；据他的女友表示，他为人温柔，英语也说得很好；以这样的条件，如果肯努力工作，可以过很平安的生活，如果机运来了，赚六百万元也并不是什么难事，何苦为了六百万作奸犯科呢？——我想这也是陈希杰的母亲和他的家人感到最悲哀的事吧！

“阿杰！你如果听到妈妈的声音，就赶快回家，或跟家人联络，不要做傻事……”

听到这样的声音，谁不哀戚呢？

为了钱财，忘记妈妈的声音；为了傻事，不在意母亲的叮咛；实在是有够可惜。

但愿，陈希杰赶快出来投案，让慈爱的母亲安心，也但愿，在善恶之间彷徨的人，多想一想妈妈的爱与期待，悬崖勒马。

我们突然得到一笔不义的钱财，并不能报答母亲的深恩；唯有踏实地走在人生之路上，凭本事奋斗，带着母亲的爱心前进，并且时常想到天下人都是“彼亦人子，应善待之”，这样才能不辜负母亲的大恩。

在花店看到五月的康乃馨和萱草都开得正盛，想到今年有几位母亲过着悲痛、哀伤、无助的母亲节，不禁心痛，觉得繁花都失了颜色。

海的儿女

“给我们讲关于海的事，好吗？”有一天，我带着几个小侄儿到海边去，都市的小孩子很少看海，突然这样要求我。

我有什么资格告诉他们关于海洋的故事呢？海在过去，曾经有过无数文学家给它赞美、为它颂歌；也有无数的人依它生活，充满了血泪；同样也有无数的人在里面埋葬，在雄伟的海前，完成了他们渺小的一生。他们都有资格来为我们讲海，但他们也同时没有一个真正了解海。

——海不是用来被人了解的，海是用来给人感动、启示、联想，乃至于教人生活的。

我的海洋经验说起来十分渺小，但我可以说是爱海的。我的学生时代，有三年是在海边的学校度过，每日黄昏放学以后，我就孤单地到海边去，顺着台南的安平海岸散步，静静听着海洋的呼吸。有一次台风前夕，甚至在海岸看着呼喊的海啸，巨浪冲天，背面的天空则是一片光灿到不可逼视的橘红。那时我为海的伟大而深深感动，但我并

大地是我们的。

海洋也是我们的。

大地的儿女是我们的孩子。

海洋的儿女也是我们的孩子。

不能确知海，因为那时我刚从山上的农家来到海边的学校。

当我开始认识到班上的同学，才发现我的同学绝大多数来自海边，他们的家长都依海维生，但从事不同的工作。有的是盐民，靠着将海水引进晒成白颜色的盐生活；有的是蚵民，在海边插下蚵种，等待海洋的孕育与收成；有的是农民，他们在离海不远的沙地上种西瓜、香瓜以及花生。海埔地虽然贫瘠，但仍然生养他们；最多的则是渔民了，他们几乎天天到海里去捕鱼，有的是沿海、近海，也有远洋的。我那时才知道远洋的渔民一出门便一年半载看不到土地；另外有一种也算渔民，他们在海边围成鱼塭，养虾蟹和虱目鱼。

我慢慢理解，原来光是在海边竟是有这样不同的生活，那海里的多样更不用说了。有时候接受同学的邀请，我就住在他们海边的家里，白天与他们到海边去劳动和游戏，晚上则目送同学的父亲出海去讨生活，清晨则看着海边的风向球，等待归航的船只。在曙光初透的时刻，在鱼市场看渔民拍卖一箩筐一箩筐的鱼货，并互相谈询着昨夜的海上以及今夜和未来几天海洋里可能的变化。

海是每天都不同的，海是每一时刻都在变动的。

高三那年，一位要好的同学在课室上流泪，我才知道不久前他的哥哥在远洋渔船遇到风难而找不到尸体了。我的同学短短几天里就坚强起来，使我惊奇，后来才了解依海维生的人早就看清了自己的宿命，那就像我们与盐民在海边踩水车，踩快的时候，有时会一脚踏空。不同的是，水车可以再踏一脚，在海里则没有这种机会。

当我开始比较会生活以后，我就在旅行的时候到海边去住宿。虽然有时候到垦丁这一类的地方只是去感觉海水的温度，看海边的浪，以及接受银光色水母的攻击。更多的时候我是到海边去生活，我曾在澎湖大仓岛的渔民家里住过，申请出海证，到沿海一带去捕鱼。

我曾在宜兰东澳的渔民家住过，白天在东澳小学教小学生读书，夜里坐在有海风的庭前，听年老的渔民回忆海边的风浪。后来认识了海防士兵，他们特准我在深夜坐在海边，想象海里发生过的故事。

我曾在基隆八斗子海边渔家住过，那时八斗子海边正要扩建码头，不得不拆去海岸的妈祖庙。我因为感同身受，便同渔民抗议庙的拆除。虽然庙还是不得不拆，但那一回我深刻地知道，一辈子捕鱼的人对大海还是敬畏的，因此任何海边都有庙宇，而不论何时出海，出海前都要放鞭炮。

我也曾在台南四草的养蚵人家住过，白天和他们撑着竹筏到海岸去采蚵，并把蚵运到邻近的市场；夜里在砖屋前喝米酒唱渔歌，放松着，准备明日的奋斗。

如果说，渔民是海里的农夫，我曾和他们一起入海耕耘；如果说，渔民是海的挑战者，我曾和他们一起抗争；如果说，渔民是海的儿女，我曾经与他们一起投入母亲的怀抱；如果说，渔民对海还有恐惧，我曾和他们一起烧香祷告，祈求平安。

但如果说，这样我就算了解海，并不是的。我和一位大我十岁的渔民谈海，他告诉我，他七岁时就开始下海谋生，但还是不了解海。他说："像我们出海，没有一个人下网前能估算捞起来时的收获。"又说："甚至到现在，我还不知道自己居住的海边有多少种鱼，常常有一些鱼捞上来，连我都没见过。”他还说：“就说天气好了，我还不敢把握每一天海上的天气呢！因为海最敏感，陆上无风时，海上可能正刮着大风呢！”

从来没有人能知道完全的海吧！我曾走过闻名世界的科林斯地峡，它凿通地中海和爱琴海。我站在地峡往两边望，一边是青森色，一边是蔚蓝色，而地峡的水是透明的浅蓝，光海的颜色就让我们不能猜度了。

海明威的《老人与海》算是最伟大的海洋文学了。表面上，老人与海洋的抗争结束，老人战胜了鲸鱼，可是真正的本质里，海还是大到无以对抗的。

海是那样多变吧！却又不尽然。我有一位远洋渔船的船员朋友，每次出海就是一年多，海洋里单调的生活常常使他想自杀。可是一旦回到陆地，夜里一听到船只出港的汽笛声就心情激荡，想再回到大海的怀抱。他在那样又爱又恨的情绪里，在海洋上度过他大部分的青春岁月。

记得我在澎湖大仓岛居住时，每天和大仓小学的孩子在操场上打篮球，篮球板的背面就是大海，传球稍微不慎，篮球就顺着岩岸滚入大海。孩子马上纵身跑入海中拾球，继续比赛，常常一场球打下来，到海中捡二十几次球。

我教孩子读书是困难的，因为在澎湖的大仓岛上，你无法告诉孩子什么是火车，什么是汽车，什么是冷气，什么是电扇。这些现代的东西岛上都没有（岛上用火力发电，每天夜里八点到十点供应两小时，所以孩子知道电灯）。

甚至也没法让小孩知道什么是河流，什么是山，什么是稻子（岛上既无山也无河，唯一能够生长的作物是花生与番薯）。我们也无法让孩子了解陆上的动物，这里的陆上除了猫狗，几乎没有其他动物。

可是要谈起海洋呢！我在小学生的面前就显得无知而渺小。每一个七岁以上的孩子，都能够辨认海边的渔具和虾蟹，会帮母亲补网，能够在海中空手捕到一些鱼类。他们知道几月份可以出海捕鱼，出海的时候可以捕到什么，捕小管和捕沙虾的工具有什么不同。而且也知道什么样的风向不宜出海。

我甚至向一个五岁的孩子学到如何用石头剖开海胆，挖出里面的肉烤来吃；如何分辨可食用的海参和有腥臭不能吃的海参；如何用腐肉在岩岸边捕捉行动迅速的小蟹……

海洋的学问是这样大，几乎比陆上还要复杂，可是生活在海岛上的大海儿女，他们一出生就学会了那些学问。

那么我有什么资格向陆上的孩子讲述海洋的故事呢？要了解海洋，唯一的方法是住到海边去，要知道海洋的故事，就要和海的儿女做朋友。

大地是我们的。

海洋也是我们的。

大地的儿女是我们的孩子。

海洋的儿女也是我们的孩子。

他们在日常生活中得来的智慧与启示，就是我们明日的希望。

红砖道的风景

木棉树的叶子
为何一到春天都殉情了
独独留下满树的花
向天空伸手微笑

木棉树下有一条路
长长的思念落在路上
落在岁月的星空
无始无终

为何一到春天
木棉树的叶偏偏都殉情了
只留下一树的花
高高俯视人世的风景

木棉花是男性的花，坚实厚重，
全身长满了刚硬的刺，
充满了昂扬的姿势。

夏天一到
挣扎着太多风景的果实
在空中痛苦地爆裂
纷纷飘飞殉情在更远的路上

已经殉情的叶子
却在枯枝上一寸一寸复活
矛盾的木棉树
叶殉情了花开
花殉情了叶活
不要为死的忧伤
要为重活的高兴

每到春末的时候，我最爱在台北的红砖道上散步，因为这个时节，木棉树在开花了。它们仿佛抢报着一种什么讯息一样，随意走在仁爱路上、敦化南路上、罗斯福路上。每一株木棉树好像都是一只手掌，一直往上伸着。这每一只手掌都开着远看好像相同，近观又完全不同的风情，好像人的掌纹一样，每一条都相异。

难以形容自己为什么特别喜爱木棉树，也许是它和我过去三个阶段的生活有十分密切的关系。童年的时候，家不远处有一条旗尾溪，两岸夹道都是木棉树，我和弟弟喜欢坐在木棉树下向天空仰望。天是蓝的，花是橙红的，树枝是深褐色的，交织成一片有颜色、有风情的景象。有时我们走到对岸，望向这边的木棉树，挺挺的一排，好像站着等待检阅的士兵。这时我们特别能看出它的枝丫充满力量的美。

就这样我们看木棉树看了好几年。

有一天，我们在旗尾溪钓鱼。刚好是雨后天青，木棉树好像刚刚洗过澡，一尘不染，衬着刚刚形成的彩虹，那金橙色好像彩虹里的颜色。弟弟对我说："哥，我想要一株木棉花。"

为了给弟弟摘木棉花，我缘着多刺的木棉树干，爬到木棉树的顶端，终于摘到一枝开得累累的、最美的木棉花，没想到一不小心踩断一根枝杆。我抱着多刺的木棉树滑落到地上，全身被划出几十道伤口，手里还紧紧抓着木棉花。弟弟看到我全身的血迹，惊吓得大哭起来，我安慰弟弟："不要哭，不要哭，不是摘到木棉花了吗？"

我被木棉树刺破的伤口，在家里养了一个多月才复原，而摘回家的木棉早就凋萎了。

如今，弟弟已经是大学四年级的学生了。我每次检视在身上留了十几年的疤痕，总是想起木棉事件，以及关于木棉的温暖的童年记忆。

服役的时候我在装甲部队，也曾因木棉花误过事。有一次我们在野外演习，要通过分进点在某地集合。我指挥战车行过一片翠绿的禾田，忽然在田中央看见一棵高大的木棉花开得茂盛。金橙色的花开在晶碧的稻田上，在黄昏的暮色里美得像梦中的景色。我站在战车顶上不禁看得痴了，我停了战车去摘了一枝木棉花，结局是我们误了集合的时间，被罚扫一星期厕所。在扫厕所期间，我还时常想起那棵美丽无方的木棉树。

几年后，我在情感上遭遇到很大的挫折，那时我便常一个人到罗斯福路散步，思索着既往来兹，在不可抑止的激情中欣赏木棉树的风景。我看到清道夫每日清晨来打扫散落满地的木棉花，却常遗漏掉落在街角落的那几朵。我想到在情感上，再好的清道夫，总也扫不去隐在最角落的几朵花吧！

那一段散步的时间，使我非常仔细地看着满树绿叶的木棉，在几天内落尽了叶子，结出了花苞，花开、花谢，等到所有的叶与花全掉光了，以为那全是枯枝的木棉树会死去了，没几天又全放出绿芽。它几乎暗示了情感的生灭，也启示了命运变折的途程，使我对未来的前路充满了希望。

木棉花是男性的花，坚实厚重，全身长满了刚硬的刺，充满了昂扬的姿势。但是，坚硬的外壳仍然掩不住岁月的生谢，问题是，谢了之后，殉情之后，如何在心的最内部重新复活呢？

我喜欢木棉花，不只因为它是男性的，也因为它是台北红砖道上最可看的风景。

阳光照在我们身上

三十年代最当红的男明星白云自杀去世了。

当年白云在上海走红的盛况，据说连目前最红的明星秦汉、秦祥林、王冠雄、李小飞加起来都还比不上，我父母那一辈的影迷，一提起白云，总是被勾起一些伤感的回忆；谁想到那个时代在银幕上最闪亮的明星，死后竟是黄土一抔，连墓碑都找不到。三十年的年华，把白云从地上最明亮的地方，埋到最黑深的地下。

白云自杀的同时，我最喜欢的智慧型明星英格丽·褒曼也逝世了，可是两人的身后却是完全不同的景况。褒曼逝世的时候，她的儿女都围绕在身边，备极哀荣。第三天台湾电视公司还播出一个一小时的专辑“英格丽·褒曼的荣耀”，来纪念这位为全世界尊敬的影人。

可是白云呢？白云的逝世在电视里只是一个小小的新闻，更别说什么专辑了。当初他为自己取名为“白云”，就已经为结局下了断语，他生前有两句话：“生是飘客，死是游魂。”是有着多么深沉寥落的寓意，怪不得一些老演员像葛香亭、欧阳莎菲在他坟前致祭时也免不了老泪纵横。

中国演员老来的处境，总是令我油然地兴起哀感之心，他们不能像西方的演员，终其一生都闪烁着明星的光泽，他们不是恒久的星星，而是瞬息消逝的流云。但是又何尝只是演员如此，这触及到我经常思考的时间问题。时间，对一位曾经光芒万丈的人来说是一个多么无情的杀手。怪不得白云逝世的时候，一位影剧记者慨乎言之，问起如今当令的年轻演员，他们竟茫然地问起：白云是谁?

白云是谁呢？白云千载空悠悠，白云只是在干净的天空中飘过的一朵云吧。它在清晨的旭日中，在黄昏的夕阳里，都会反射出五彩的光泽，但一到了黑夜，再美的云也没有人看见了。

我最喜欢辛弃疾的《破阵子》，这是辛弃疾为纪念当时一位具有军事和经济才华的思想家陈亮，所吟赋出的壮词：

醉里挑灯看剑
梦回吹角连营
八百里分麾下炙
五十弦翻塞外声
沙场秋点兵

马作的卢飞快
弓如霹雳弦惊
了却君王天下事

赢得生前身后名
可怜白发生

辛弃疾的词意是美的，在美的背面却有一种对时光流逝的哀伤，我觉得最令人动容的是“赢得生前身后名，可怜白发生”，从这两句词来看看白云，实在最贴切不过。多少令人怀念的人物，终也免不了“白发生”的处境，更糟的是，在辉煌后的寂寞，使一位曾扮演过顾盼自雄的英雄人物，最后在偏远的旅馆饮药自杀。

前几天，两位菲律宾的华裔画家洪救国、王礼溥来台湾，我抽出两天的时间，陪他们到台中去探望老友席德进的墓园，同行的还有画家李锡奇、朱为白，以及席德进的生前知己卢声华。

我们到达大度山花园公墓时，正好是阳光最烈的正午，阳光遍照在墓园上，附近的相思林里传来喧哗的鸟声。席德进的墓园是他生前亲手规划，格局很像中国明朝小小的园林。在墓园里有一座“望乡亭”，颇能见到画家最后的心愿。我站在“望乡亭”的圆门，往山下望去，那里没有画家的故乡，只有栉比鳞次的楼房层层相叠，我们的心情在那一刻都沉重了起来。

席德进曾以高超的画艺，感动过千千万万的心灵，他逝世时也是备极哀荣。可是在他逝世一周年举行画展的会场里，观众却是三三两两，冷冷清清，我曾在画展会场坐了一个下午，直到画廊的灯暗了才默默离去，心中浮起的仍是辛弃疾“赢得生前身后名，可怜白发生”两句。

在席德进的墓园里，种了两种他生前最爱的植物，两株凤凰树和三株木棉树，经过一年的培植，都已经长得比望乡亭还高了。凤凰依旧，木棉无恙，而我们这位曾享大名的艺术家长眠地下，他的名，他的艺，可叹在时间冲刷下，成为群众心里一个暗淡的记忆。

离开席德进的墓园，车子往大度山下疾驰，我回头还看见那一株长得特别高的凤凰木，我在想着，这一株凤凰花开的时候，在年轻一辈的艺术家心中，席德进还能留下什么样的形象呢?

阳光是那样无私地覆盖着我们，而太阳的沉落总是那样无情地不肯为黑夜停留，那些死去的艺术家们躺在阴冷黑暗的地下，他们再也不能享受阳光下的喜悦。

在我的档案里，有一帧我为席德进拍的照片。他站在中部大平原怒放的野花群中，鲜明的清晨曦光把他的脸刻成一座明暗分明的塑像，他仰起头来呼吸着阳光，如今，那种情境再也不能重回了。

我们每天能走过阳光的小径，是一件多么幸福的事，能让阳光或温柔或狂野的照射，是一件多么开朗的事。我想说的是，珍惜阳光照在我们身上的岁月吧，因为阳光不会为我们停留，再伟大的艺术家也留不住它。

晴窗一扇

登山界流传着一个故事，一个又美丽又哀愁的故事。

传说有一位青年登山家，有一次登山的时候，不小心跌落在冰河之中；数十年之后，他的妻子到那一带攀登，偶然在冰河里找到已经被封冻了几十年的丈夫。这位埋在冰天雪地里的青年，还保持着他年轻时代的容颜，而他的妻子因为在尘世里，已经是两鬓飞霜年华老去了。

我第一次听到这个故事时，整个胸腔都震动起来，它是那么简短，那么有力地说出了人处在时间和空间之中确实是渺小的，有许多机缘巧遇正如同在数十年后相遇在冰河的夫妻。

许多年前，有一部电影叫《失去的地平线》，那里是没有时空的，人们过着无忧无虑的快乐生活。一天，一位青年在登山时迷途了，闯入了失去的地平线，并且在那里爱上一位美丽的少女；少女向往着人间的爱情，青年也急于要带少女回到自己的家乡，两人不顾大家的反对，越过了地平线的谷口，穿过冰雪封冻的大地，历尽千辛万苦才回到人间；不意在青年回头的那一刻，少女已经是满头银发，皱纹满布，风烛残年了。故事便在幽雅的音乐和纯白的雪地中揭开了哀伤的结局。

本来，生活在失去的地平线的这对恋侣，他们的爱情是真诚的，也都有创造将来的勇气，他们为什么不能有圆满的结局呢？问题发生在时空，一个处在流动的时空，一个处在不变的时空，在他们相遇的一刹那，时空拉远，就不免跌进了哀伤的迷雾中。

最近，台北在公演白先勇小说《游园惊梦》改编的舞台剧，我少年时代几次读《游园惊梦》，只认为它是一个普通的爱情故事，年岁稍长，重读这篇小说，竟品出浓浓的无可奈何。经过了数十年的改变，它不只是一个年华逝去的妇人对风华万种的少女时代的回忆，而是对时空流转之后人力所不能为的忧伤。时空在不可抗拒的地方流动，到最后竟使得一朝春尽红颜老，花落人亡两不知。

“时间”和“空间”这两道为人生织锦的梭子，它们的穿梭来去竟如此无情。

在希腊神话里，有一座不死不老的神仙们所居住的山，山口有一个大的关卡，把守这道关卡的就是“时间之神”，它把时间的流变挡在山外，使得那些神仙可以永葆青春，可以和山和太阳和月亮一样永恒不朽。

作为凡人的我们，没有神仙一样的运气，每天抬起头来，眼睁睁地看见墙上挂钟滴滴答答走动匆匆的脚步，即使坐在阳台上沉思，也可以看到日升、月落、风过、星沉，从远远的天外流过。有一天，我们偶遇到少年游伴，发现他略有几根白发，而我们的心情也微近中年了。有一天，我们突然发现院子里的紫丁香花开了，可是一趟旅行回来，花瓣却落了满地。有一天，我们看到家前的旧屋被拆了，可是过不了多久，却盖起一栋崭新的大楼。有一天……我们终于察觉，时间的流逝和空间的转移是如此的无情和霸道，完全没有商量的余地。

中国的民间童话里也时常描写这样的情景，有一个人在偶然的机缘下到了天上，或者游了龙官，十几天以后他回到人间，发现人事全非，手足无措；因为“天上一日，世上一年”，他游玩了十数天，世上已过了十几年，十年的变化有多么大呢？它可以大到你回到故乡，却找不到自家的大门，认不得自己的亲人。贺知章的《回乡偶书》很能表达这种心情：“少小离家老大回，乡音未改鬓毛衰；儿童相见不相识，笑问客从何处来？”数十年的离乡，甚至可以让主客易势呢！

佛家说的“色相是幻，人间无常”，实在是参透了时空的真实，让我们看清一朵蓓蕾很快地盛开. 而不久它又要凋落了。

《水浒传》的作者施耐庵在该书的自序里有短短的一段话：“每怪人言，某甲于今若干岁。夫若干者，积而有之之谓。今其岁积在何许？可取而数之否？可见已往之吾悉已变灭。不宁如是，吾书至此句，此句以前已疾变灭，是以可痛也。”（我常对于别人说“某甲现在若干岁”感到奇怪，若干，是积起来而可以保存的意思，而现在他的岁积存在什么地方呢？可以拿出来数吗？可见以往的我已经完全改变消失，不仅是这样，我写到这一句，这一句以前的时间已经很快改变消失，这是最令人心痛的。）正是道出了一个大小说家对时空的哀痛。

古来中国的伟大小说，只要我们留心，它讲的几乎全有一个深刻的时空问题，《红楼梦》的花柳繁华温柔富贵，最后也走到时空的死角；《水浒传》的英雄豪杰重义轻生，最后下场凄凉；《三国演义》的大主题是“天下大势分久必合，合久必分”；《金瓶梅》是色与相的梦幻湮灭；《镜花缘》是水中之月，镜中之花；《聊斋志异》是神鬼怪力，全是虚空；《西厢记》是情感的失散流离；《老残游记》更明显地道出了：“眼看他起高楼，眼看他楼塌了。”

我们的文学作品里几乎无一例外的，说出了人处在时空里的渺小，可惜没有人从这个角度深入探讨，否则一定会发现中国民间思想对时空的递变有很敏感的触觉。西方有一句谚语：“你要永远快乐，只有向痛苦里去找。”正道出了时空和人生的矛盾，我们觉得快乐时，偏不能永远，留恋着不走的，永远是那令人厌烦的东西——这就是在人生边缘上不时作弄我们的时间和空间。

柏拉图写过一首两行的短诗：

你看着星么，
我的星星？
我愿为天空，
得以无数的眼看你。

人可以用多么美的句子，多么美的小说来写人生，可惜我们不能是天空，不能是那永恒的星星，只有看着消逝的星星感伤的份。

有许多人回忆过去的快乐，恨不能与旧人重逢，恨不能年华停伫，事实上，却是天涯远隔，是韶光飞逝，即使真有一天与故人相会，心情也像在冰雪封冻的极地，不免被时空的箭射中而哀伤不已吧！日本近代诗人和泉式部有一首有名的短诗：

心里怀念着人，
见了泽上的萤火，
也疑是从自己身体出来的梦游的魂。

我喜欢这首诗的意境，尤其“萤火”一喻，我们怀念的人何尝不是夏夜的萤火忽明忽灭，或者在黑暗的空中一转就远去了，连自己梦游的魂也赶不上，真是对时空无情极深的感伤了。

说到时空无边无尽的无情，它到终极会把一切善恶、美丑、雅俗、正邪、优劣都涤洗干净，再有情的人也丝毫无力挽救。那么，我们是不是就因此而失望颓丧、优柔不前呢？是不是就坐等着时空的变化呢？

我觉得大可不必，人的生命虽然渺小短暂，但它像一扇晴窗，是由自己小的心眼里来照见大的世界。

一扇晴窗，在面对时空的流变时飞进来春花，就有春花；飘进来萤火，就有萤火；传进秋声，就来了秋声；侵进冬寒，就有冬寒。闯进来情爱，就有情爱，刺进来忧伤，就有忧伤，一任什么事物到了我们的晴窗，都能让我们更真切地体验生命的深味。

只是既然是晴窗，就要有进有出，曾拥有的幸福，在失去时窗还是晴的；曾被打击的重伤，也有能力平复；努力维持着窗的晶明，如此任时空的梭子如百鸟之翔在眼前乱飞，也能有一种自在的心情，不致心乱神迷。

有的人种花是为了图利，有的人种花是为了无聊，我们不要成为这样的人，要真爱花才去种花——只有用“爱”去换“时空”才不吃亏，也只有心如晴窗的人才有真正的爱，更只有爱花的人才能种出最美的花。

留一只眼睛看自己

欲识永明旨，
门前一湖水；
日照光明生，
风来波浪起。

——永明延寿禅师

日本历史上产生过两位伟大的剑手，一位是宫本武藏，另一位是柳生又寿郎，这两位的传记都曾经在台湾地区出版，风靡过一阵子。柳生又寿郎是宫本武藏的徒弟，关于他们的故事很多，我最喜欢其中的一则。

柳生又寿郎的父亲也是一名剑手，由于柳生少年荒嬉，不肯受父教专心习剑，被父亲逐出了家门，于是柳生独自跑到一座荒山去见当时最负盛名的剑手宫本武藏，发誓要成为一名伟大的剑手。

拜见了宫本武藏，柳生热切地问道："假如我努力学习，需要多少年才能成为一流的剑手？”

武藏说：“你全部的余年！”

“我不能等那么久，”柳生更急切地说，“只要你肯教我，我愿意下任何苦功去达到目的，甚至当你的仆人跟随你，那需要多久的时间？”

“那，也许需要十年。”宫本武藏说。

柳生更着急了：“呀！家父年事已高，我要他生前就看见我成为一流的剑手，十年太久了，如果我加倍努力学习，需时多久？”

“嗯，那也许要三十年。”武藏缓缓地说。

柳生急得都要哭出来了，说：“如果我不惜任何苦功，夜以继日的练剑，需要多久的时间？”

“嗯，那可能要七十年。”武藏说：“或者这辈子再也没希望成为剑手了。”

柳生的心里纠结着一个大的疑团：“这怎么说呀？为什么我愈努力，成为第一流剑手的时间就愈长呢？”

“你的两个眼睛都盯着第一流的剑手，哪里还有眼睛看你自己呢？”武藏平和地说，“第一流剑手的先决条件，就是永远保留一只眼睛看自己。”

于是柳生又寿郎拜在宫本武藏的门下，并做了师父的仆人。武藏给他的第一个教导是：不但不准谈论剑术，连剑也不准碰一下。只要努力地做饭、洗碗、铺床、打扫庭园就好了。

三年的时光就这样过去了，他仍然做这些粗贱的苦役，对自己发愿要学习的剑艺一点开始的迹象都没有，他不禁对前途感到烦恼，做事也不能专心了。

三年后有一天，宫本武藏悄悄蹑近他的背后，给他重重一击。

第二天，正当柳生忙着煮饭，武藏又出其不意地给了致命的扑击。

从此以后，无论白天晚上，他都随时随地预防突如其来的袭击，二十四小时中若稍有不慎，便会被打得昏倒在地。

过了几年，他终于深悟“留一只眼睛看自己”的真谛，可以一边生活一边预防突来的剑击，这时，宫本武藏开始教他剑术，不到十年，他成为全日本最精湛的剑手，也是历史上唯一与宫本武藏齐名的一流武士。

这个故事里隐含了很深刻的禅意，禅者不应把禅放在生活之外，犹如剑手不应把剑术当成特别的东西。剑手在行住坐卧都可能遇到敌人的扑击，禅者也是一样，要随时面对生活、烦恼、困顿的扑击，他们表面安住不动，心中却是活泼灵醒能有所对应，那是由于“永远保留了一只眼睛看自己”呀！

宫本武藏在日本剑道和武士道都有很崇高的地位，那是由于他不只拘限于剑术，他还是一个很杰出的画家和书法家，他有一幅绘画作品绘的是“布袋和尚观斗鸡”，以流动的泼墨画了微笑的布袋禅师看两只鸡相斗的情景，题道“无杀事，无杀者，无被杀，三者皆空”，很能表达他对剑术与人生的看法。

对于一个武士，拿刀剑是一种修行，是通向觉悟的手段，一个随时随地都可能死掉的武士，他还要在其中确立自己的人格，觉悟与修行、定力与慧见就变成多么急迫！我们不是拿剑的武士，不过，在人生的流程中，人人都是面对烦恼与不安的武士，如何以无形之剑，挥慧剑斩情丝，截断人生的烦恼，不是与武士一样的吗？

最近读了一本美国作家乔·海姆斯(Joe Hyams)写的《武艺中的禅》，把武术、剑道与禅的关系做了精辟的分析，他写到几个值得深思的观点：

一是武师所遇到的对手，与其说是敌人，不如说是自己的同伴，甚至是自己的延伸，可以帮助我们更充分地认识自己。

二是虽然大部分武艺高手都花了好几年时间练几百种招数，但在决斗时，实际经常使用的招数只有四五种。它一点思考的时间都没有，只是用心去对应。

三是武师的心要经常保持流动的状态，不可停在固定招数，因为对手出击的招数是不可预测的，当心停在任何固定招数，对武师而言，接下来就是死！

对禅者也是如此，我们生命面对的苦恼不是我们的敌人，而是自己的延伸，应该透过烦恼来认识自我。我们可能遍学一切法门，但必须深入某些法门，来对应生命的决斗。我们应该“无所住而生其心”，因为生活不能如预期，无常也不可预测，如果我们的心执着停滞了，那就是死路一条。

这些训练的开端就是“留一只眼睛看自己”呀！

空出我们的杯子

无端知妙谛，

有识是尘心；

欲洗尘心净，

寻山莫畏深。

——中峰明本禅师

一位热爱武术的年轻人，想要学习武术，找到一位极负盛名的武师。

他热切地对师父说：“我渴望做您的学生。”

师父说：“你希望我教你什么？”

他说：“我希望成为第一流的武术家，那必须学习多久？”

师父说：“至少要十年。”

“十年太久了。”年轻人说：“如果我加倍用功呢？”

“那就需要二十年时间。”师父回答说。

“如果我夜以继日地全力练习呢？”年轻人又问。

“那要三十年！”师父回答。

“这到底是怎么一回事，每当我说要更用功，您就说需要更长的时间呢？”年轻人问。

师父笑着说：“如果你的眼睛一直认定一个目标，你哪里还有眼睛看见你自己呢？”

要追求第一流的武术，与开启真实的禅一样，如果眼睛向外追寻，脑子里就会充斥纠缠的识见，就无法做自我的反省与开启了。因此，禅心最可贵的本质就是“无求”，无求并不是一切无为，而是任运，是不给自己一个界限，因为有了界限就有束缚，有所得就会有所失，只有把有所作为的识见放空，才能洗去尘心，有一个全然的清净的对待。

日本近代伟大的禅师山冈铁舟，有一次遇到一位著名的小说家来向他学禅，他对小说家说：“我知道你的小说写得很好，可以使读者或哭或笑。请你对我说一个故事‘桃太郎’，在我还是小孩的时候，就睡在我妈妈身旁听她说这个故事了，我妈妈说得真好，请对我讲讲这个故事，就像我妈妈说的一样。”

渴望成为铁舟弟子的小说家，因为把学禅看成重要的事，不敢立刻就说这个故事，于是他向铁舟说：“请允许我回去下一番功夫吧！”

过了几个月，小说家去拜望铁舟，要说那个简单的故事给禅师听，但铁舟说：“改天再说吧！”

小说家又回去准备要说这个故事，一连很多次，他向铁舟提出说故事的要求，铁舟就阻止他说："你还没有达到我妈妈的程度。"

经过了五年的时间，铁舟才准许小说家把故事说出来，并收他为弟子。

这是有极深刻象征的故事，妈妈为孩子说故事时，没有一点心机，那样清净的心性，是极接近禅者明朗无碍的胸怀的，若能体会生活里那无求的时刻，才能体会禅，也才能知道"无端知妙谛，有识是尘心；欲洗尘心净，寻山莫畏深"的境界了。

在生活里有禅，不二法门就是空出我们的杯子，来纳受生活加诸我们的一切，并清楚地观照那杯子里注入的东西。如果我们的执著深重，杯子装满了，连一滴水也倒不进来，哪里还能看清杯子里的事物呢?

中峰明本禅师把这种杯与水、人与禅的关系说成是“打成一片”。他说:

> 若真个打成一片时，亦不知如银山铁壁，既知是银山铁壁，即不可谓之打成一片。如今莫问成一片不成一片，但将所参话头，只管粘头缀尾，念念参取，参到意识尽处，知解泯时，不觉不知，自然开悟。正当开悟时，迷与悟、得与失、是与非，一齐超越，更不须问人求证据，自然稳贴贴地无许多事也。

学习生活里的一切，不管是武术、说故事、爱与慈悲、生命的沉定与激情，都可以做禅的学习，只要空出我们的意识之杯，与真实的生命打成一片，处处都有禅机的呀!

生于世间，不着世间

中篇

知味不易

看到人们貌似简单，事实上不易的生活动作时，

我觉得每一个人都值得给予最大的敬意，努力生活的人们都是可敬佩的。

他们不用言语，而以动作表达了对生命的承担。

夏日小春

山樱桃

夏日虽然闷热，在温差较大的台湾南部，凉爽的早晨、有风的黄昏、宁静的深夜，感觉就像是小小的春天。

清晨的时候沿山径散步，看到经过一夜清凉的睡眠，又被露珠做了晨浴的各种小花都醒过来微笑，感觉到那很像自己清晨无忧恼的心情。偶尔看见变种的野茉莉和山牵牛花开出几株彩色的花，竟仿佛自己的胸腔被写满诗句，随呼吸在草地上落了一地。

黄昏时分，我常带孩子去摘果子，在古山顶有一种叫作“山樱桃”的树，春天开满白花，夏日结满红艳的果子，大小与颜色都与樱桃一般，滋味如蜜还胜过樱桃。

这些山樱桃树在古山顶从日据时代就有了，我们不知道它的中文名字，甚至没有闽南语，从小，我们都叫它莎古蓝波（Sa KuLan Bo），是我从小最爱吃的野果子，它在甜蜜中还有微微的芳香，相信是做果酱极好的材料，虽然盛产时的山樱桃，每隔三天就可以采到一篮，但我从未做过果酱，因为"生吃都不够，哪有可以晒干的"。

当我在黄昏对几个孩子说"我们去采莎古蓝波"的时候，大家都立刻感受着一种欢愉的情绪，好像"莎古蓝波"这几个字的节奏有什么魔法一样。

我们边游戏边采食山樱桃，吃到都不想吃的时候，就把新采的山樱桃放在胭脂树或姑婆芋的叶子里包回家，打开来请妈妈吃，她看到绿叶里有嫩黄、粉红、橙红、艳红的山樱桃果子，欢喜地说："真是美得不知道怎么来吃呢。"

她总是浅尝几粒，就拿去冰镇。

夜里天气凉下来了，我们全家人就吃着冰镇的山樱桃，每一口都十分甜蜜，电视里还在演《戏说乾隆》，哥哥的小孩突然开口："就是皇帝也吃不到这么好的莎古蓝波呀。"

大家都笑了，我想，很单纯，也可以有很深刻的幸福。

青莲雾

很单纯，也可以有很深刻的幸福，当我们去采青莲雾的小路上，想到童年吃青莲雾的滋味时，我就有这样的心情。

青莲雾种在小镇中学的围墙旁边，这莲雾的品种相信已经快灭绝了，当我听说中学附近有青莲雾没人要吃，落了满地的时候，就兴冲冲带三个孩子，穿过蕉园小径到中学去。

果然，整个围墙外面落了满地的青莲雾，莲雾树种在校园内，校门因为暑假被锁住了。

我们敲了半天门，一个老工友来开门，问我们："来干什么？"

我说："我们想来采青莲雾，不知道可不可以？"

他露出一种兴奋的、难以置信的表情打量我们，然后开怀地笑说："行呀。行呀。"他告诉我，这一整排青莲雾，因为滋味酸涩，连中学生都没有一点采摘的兴趣，他说："回去，用一点盐、一点糖腌渍起来，是很好吃的。"

我们爬上莲雾树，老校工在树下比我们兴奋，一直说："这边比较多。""那里有几个好大。"看他兴奋的样子，我想大概有好多年，没有人来采这些莲雾了。

采了大约二十斤的莲雾，回家还是黄昏，沿路咀嚼青莲雾，虽然酸涩，却有很强烈的莲雾特有的香气，想起我读小学时曾为了采青莲雾，从两层楼高的树上跌下来，那时觉得青莲雾又甜又香，真是好吃。

经过三十年的改良，我们吃的莲雾，从青莲雾到红莲雾，再到黑珍珠，甜度不高的青莲雾就被淘汰了。

为什么我也觉得青莲雾没有以前的好吃呢？原因可能是嘴刁了，水果不断改良的结果，使我们的野心欲望增强，不能习惯原始的水果；（土生的芭乐、芒果、杨桃、桃李不都是相同的命运吗？）另一个原因是在记忆河流的彼端，经过美化，连从前的酸莲雾也变甜了。

家里的人也都不喜吃青莲雾，我想了一个方法，把它放在果汁机里打成莲雾汁，加很多很多糖，直到酸涩完全隐没为止。

青莲雾汁是翠玉的颜色，我也是第一次喝到，加糖、冰镇，在汗流浃背的夏日，喝到的人都说："真好喝呀，再来一杯。"

夜里，我站在屋檐下乘凉，想到童年、青少年时代，其实有许多事都像青莲雾一样的酸涩，只是面目逐渐模糊，像被打成果汁，因为不断地加糖，那酸涩隐去，然后我们喝的时候就自言自语地说："真好喝呀，再来一杯。"

只是偶尔思及心灵深处那最创痛的部分，有如被人以刀刺入内心，疤痕鲜明如昔，心痛也那么清晰，"或者，可能，我加的糖还不够多吧。下次再多加一匙，看看怎么样？"我这样想。

回忆虽然可以加糖，感受的颜色却不改变，记忆的实相也不会翻转。

就像涉水过河的人，在到达彼岸的时候，此岸的经验与河面的汹涌仍然是历历在心头。

野木瓜

姐姐每天回家的时候，都会顺手带几个木瓜来。

原因是她住处附近正好有亲戚的木瓜田，大部分已经熟透在树上，落了满地，她路过时觉得可惜，每次总是摘几个。

"为什么他们都不肯摘呢？"我问。

"因为连请人采收都不够工钱，只好让它烂掉了。"

"木瓜不是一斤二十五块吗？台北有时卖到三十块。"我说。在一旁的哥哥说："那是卖到台北的价钱，在产地卖给收购的人，一斤

生命中虽有许多苦难，

我们也要学会好好活在眼前，

止息热恼的心，不做无谓的心灵投射，

喝木瓜茶，我觉得茶也很好，木瓜也很好。

三五块就不错了。”哥哥在乡下职校教书，白天教的学生都是农民子弟，夜里教的是农民，对农业有很独到的了解。

“正好今天我的一位同学问我：‘你认为世界上最可怜的人是什么人？’我毫不考虑地说：‘是农人。’”

“农人为什么最可怜呢？”哥哥继续发表高见，“因为农作物最好的时候，他们赚的不过是多一两块，农作物最差的时候，却凄惨落魄，有时不但赚不到一毛钱，还会赔得倾家荡产。农会呢？大卖小卖的商人呢？好的时候赚死了，坏的时候双脚缩起来，一毛钱也赔不到。”

问哥哥“世界上最可怜的人是什么人？”的那位先生正好是老师兼农民，今年种三甲地的芒果，采收以后结算一共赚了三千元，一甲地才赚一千，他为此而到处诉苦。

哥哥说：“一甲地赚一千已经不错，在台湾做农民如果不赔钱，就应该谢天谢地拜祖先了呀。”

不采摘的木瓜很快就会腐烂，多么可惜。也是黄昏时分，我带孩子去采木瓜，想把最熟的做木瓜牛奶，正好熟的切片，青木瓜拿来泡茶。

采木瓜给我带来心情的矛盾，当青菜水果很便宜，多到没人要的时候，我们虽然用很少的钱可以买很多，往往这时候，也表示我们的农民处在生活黑暗的深渊，使生长在农家的我，忍不住有一种悲情。

正这样想着，孩子突然对我说：“爸爸，你觉不觉得住在旗山很好？”

“怎么说？”

“因为像木瓜、芒果、莲雾、山樱桃都是免费的呀。”孩子的这句话有如撞钟，使我的心嗡嗡作响。

夜里，把青木瓜头切开，去籽，塞进上好的冻顶乌龙茶，冲了茶，倒出来，乌龙茶中有木瓜的甜味与芳香，这是在乡下新学会的泡茶法，听说可以治百病，百病不知能不能治，但今天黄昏时的热恼倒是治好了。

生命中虽有许多苦难，我们也要学会好好活在眼前，止息热恼的心，不做无谓的心灵投射，喝木瓜茶，我觉得茶也很好，木瓜也很好。

燠热的夏日其实也很好，每一朵紫茉莉开放时，都有夏天夕阳的芳香。

崂山山茶

在青岛，朋友问我："台湾有青岛啤酒吗？"

"有，很多年前就有了。"

"味道好吗？"

这使我难以回答，因为我很少喝啤酒，也难以辨析其中的差异。青岛啤酒大名鼎鼎，喝是喝过，并没有特别的印象。

青岛的朋友看我哑口，解围似的安慰我："青岛啤酒是不错，但我们青岛人真正爱喝的不是青岛啤酒，而是崂山的啤酒！"

青岛人不爱青岛啤酒，那就像我在温州城里找不到"温州大馄饨"，在扬州的老街找不到"扬州炒饭"，这使我大为惊奇。

朋友对我解释原委，青岛啤酒之所以好喝，是因为青岛的水质很好，而青岛的水质又以崂山泉最好。崂山泉水数千年来以水清甘洌著名于世，至今泉水不竭。青岛啤酒厂知道好水难得，于是以崂山泉水为底，另创一个小牌"崂山啤酒"，因为数量有限，只在青岛供应。喝了崂山啤酒之后，才知道什么是最好的啤酒。

在青岛城里遍寻不着崂山啤酒，我就追上了崂山。

舟车劳顿中，突然想起了蒲松龄，还有他写的《聊斋志异》。《聊斋》里有一篇《劳山道士》（崂山古称劳山），把崂山上的道士写得出神入化，更令人无比的向往。

果然，崂山上的那口泉水，至今还在汩汩地流着。而崂山的啤酒醇淡香甘，有一种超凡的仙气，使不擅品酒的我，都觉得应该敛容肃穆，才能配得上这稀有的啤酒。

有好水才有好酒，但有好水也有好茶，“好茶必出于好水之乡”，我想到陆羽的说法，便问人“崂山是否有茶？”

崂山有茶室，出售自产的崂山茶，以及崂山人爱喝的竹叶茶。不论清茶或竹叶，都是品味超卓，但是和崂山的啤酒一样，因为量少珍稀，不为世人所知。正如落榜隐居在崂山的蒲松龄，就像倚天剑与屠龙刀，谁知他会成为一代巨匠呢？若是崂山的茶酒双出，谁与争锋呢？

喝过了崂山茶，在庭院中漫步，看到许多从汉唐留到现在的大树，无不伸掌探天，令人仰止。但最令我震撼的是院子里一棵开了万朵红花的宋代山茶，树高四层楼，开花数百年，一样的鲜红，一样的苍绿。

红花，随着风，不停地飘落。

在这混乱的时代，很多事物不断飘落，化为春泥，却也有很多事物在岁月风尘中，将美好和精华沉淀下来，在春泥中，还保有不朽的颜色。

油面摊子

家附近有一担卖油面的小摊子，我平常并不太注意，有一回带孩子散步路过，看到生意极好，所有的椅子都坐满了人。

我和孩子驻足围观，这时见到卖面的小贩，把油面放进烫面用的竹捞子里，一把塞一个，刹那之间就塞了十几把，然后他把叠成长串的竹捞子放进锅里烫。

接着，他以迅雷不及掩耳的速度，将十几个碗一字排开，放佐料、盐、味素等等，很快地捞面、加汤，十多碗面煮好的过程还不到五分钟，我和孩子都看呆了。更令人赞叹的是，那个煮面的老板还边煮边与顾客聊着闲天。

在我们从面摊离开的时候，孩子突然抬起头来说："爸爸，我猜如果你和卖面的老板比赛卖面，你一定输！"

对于孩子突如其来的谈话，我感到莞尔，并且立即坦然承认，我一定输给卖面的人。我说："不只会输，而且会输得很惨，这个世界上能赢过卖面老板的人大概也没有几个。"

后来我和孩子谈起了，他的爸爸在这世界上是输给很多人的。

接下来的几天，就玩着游戏一样，我带着孩子到处去看工作中的人，我们在对角的豆浆店看伙计揉面粉做油条，看油条在锅中胀大而充满神奇的美感，我对孩子说："爸爸比不上炸油条的人。"

我们到街角的饺子店，看一位山东老乡包饺子，他包饺子就如同变魔术一样，动作轻快，双手一捏，个个饺子大小如一，煮出来晶莹剔透，我对孩子说："爸爸比不上包饺子的人。"

我们在市场边看见一个削梨子与芭乐的小贩，他把水果削好切片，包成一袋一袋准备推到戏院去卖，他削水果时，刀子如同自手中长出，动作又利落又优美，我对孩子说："爸爸比不上削水果的人。"

就在我们生活四周，到处都是我比不上的人，这些市井小人物，他们过着单纯的生活，对生命有着信心与希望，他们的手艺固然简单，却非数十年的锻炼不能得致。

当我们放眼这个世界的时候，如果以自我为中心，很可能会以为自己是顶尖人物，一旦我们把狂心歇息下来，用赤子之心来观照，就会发现自己是多渺小，在人群之中，若没有整个市井的护持，我们连吃一套烧饼油条都成问题呀！这是为什么连圣贤都感叹地说"吾不如老农，吾不如老圃"的缘故，我们什么时候能看清自己不如人的地方，那就是对生命有真正信心的时候。

看到人们貌似简单，事实上不易的生活动作时，我觉得每一个人都值得给予最大的敬意，努力生活的人们都是可敬佩的。他们不用言语，而以动作表达了对生命的承担。

承担，是生命里最美的东西！

我时常想，我们既然生而为人，不是草木虫鱼，就要承担，安然接受人生可能发生的一切，除了安然地面对，还能保持觉性，就是菩提了。一般人缺少的正是觉悟的菩提罢了。

在古印度人传统的观念里，认为只要是两条河交汇的地方一定是圣地，这是千年智慧累积所得到的结论。假如我们把这个观念提炼出来，人生何尝不是如此，在人与人相会面的那一刻，如果都有很好的心来相印，互相对流，当下自己的心就是圣地了。

油面摊子是圣地，豆浆店是圣地，饺子馆是圣地，水果摊是圣地……到处都是圣地，只看我们有没有足够神圣的心来对应这些人、这些地方。当然，在我们以神圣的心面对世界时，自己就有了承担，也就成为值得敬佩的人之一。

我带着孩子观察了许多人以后，孩子感到疑惑，他问："爸爸，那么你有什么可以比得上别人呢？"

我说："如果比写文章，爸爸可能会比得上那卖油面的老板吧！"

孩子说："也不会，油面老板几分钟煮好十几碗面，爸爸要很久才写完一篇文章！"

父子俩相对大笑，是呀！这世界有什么东西可以相比，有什么人可以相比呢？事实上，所有的比较都是一种执着！

珠玉枇杷

到南投乡间的灵源山寺去拜见妙莲老和尚，已经干旱了数月的中部，在这一天突然大雨滂沱，许多人家都把家里的塑胶桶子搬到庭院外面来承接雨水，这样的惜福画面已经许久没有看见了。

车子在泥泞的山路间转半天，司机说再也上不去了，于是我们下车在雨中步行，雄浑的寺院在山的顶端，沿路可以俯望雾气山风中的梯田，春耕后的稻子正欢欣地抬头看满天的绵绵之雨。

我想到今天天未亮就被朋友唤醒，他说："我们一起去看一位非常伟大的法师。"

他讲的法师正是妙莲老和尚，妙老从前住在香港，曾经闭关长达二十几年，因此往往只闻其名，未能亲仰他的风采，一个人有二十余年的时间闭住在关里，而竟然盛名满天下，得到中外人士的景仰，这也算是一个神奇的事吧！

妙莲老和尚最神奇的还不在此，他曾修习净土法门的"般舟三昧"多达十几次。"般舟三昧"是很难的修行方法，每修一次要九十天，在这九十天中要二十四小时保持在念佛奔行的状态，不能有一丝昏沉。在关房中横挂着一条绳子，行香念佛累到不能支持时，只能在绳上稍微依靠，像这种想象中只有古人在修行的法门，没想到今日仍有人修，而且连修十几次。

我曾访问过台北十方禅林的住持从智法师，从智师父曾修过四次“般舟三昧”，他说到修“般舟三昧”时的经过，几十天不眠不休，到最后连绳子也不敢靠，因为一靠便倒，只好用绳子把自己的双手绑着挂在墙上，即使是如此，身体犹一直往下坠去。听得我心弦震动，久久难已。

从智师父说：“很可惜一直没有修成功，应该一天二十四小时都保持清明，可是我最多只能保持二十二小时的清明，另外有两小时总是破不了。”

“师父，什么叫般舟三昧的成功？”我说。

他说：“成功就是破了一切执着，达到无人相、我相、寿者相、众生相。”

从智法师经常说的一句话是：“修行是骗不了人的。即使不开口，也知道有没有。”

这两位修行“般舟三昧”的师父都是我所崇敬的，他们使我们在茫茫的人世中闻到了修行者的消息，好像在山林间的危壁上看见一株纯净的百合花开放，香气在四周流荡。

南投的灵源山寺风景秀丽、规模宏伟，是妙莲老和尚回台四年多以来的道场，他在香港潜心苦修后选择台湾作为弘法常住之地，这里

要时常维持心、口、意的清净，
尤其要守口戒，不要对人口出恶言。
不要去压制心念，而是要放下心念。
所有世间的一切相都是虚妄的，
能放下就是最好的修行。

面除了深刻的悲心，也可以见到台湾的因缘殊胜，福报广大。

妙莲老和尚很亲切地与我们晤面，做了一些关于修行的开示，他说：

“要时常维持心、口、意的清净，尤其要守口戒，不要对人口出恶言。”

“愿力与业力就像跷跷板的两边，业重并不可怕，愿力加重、福德加厚，业就浮起来了。当然要仰仗佛力，多念佛拜佛。”

“皈依与学佛并不是在找一个新的家，而是像久别家乡的浪子回家一样。”

“不要去压制心念，而是要放下心念。”

“所有世间的一切相都是虚妄的，能放下就是最好的修行。”

“老实念佛呀！”

他浓重的苏州口音并不难懂，他说的话也都平常简易，但由于慈悲的关系，使我感到在最平常的活里有极深刻的力量。

离开灵源山寺已近黄昏了，雨势全停，笼罩在四野山上的山风，正一丝丝地在晴空中飞扬到更高的地方，久旱得到雨水的农人纷纷走到梯田的田埂。站在山上，我看不见农人的表情，却能感觉到他们的欣喜之情。

半路上，我下车在路旁小店买了两串南投特有的红香蕉，还有一串刚从树上采来的新鲜枇杷。香蕉是内敛的枣红色，枇杷则是阳光一样的金黄，用绳子挂在店门口，看了就令人感动。

今天晨起，我把两根红香蕉和十个枇杷摆在白色瓷盘上，剥了当早餐，芳香浓郁，想到昨天去见妙莲老和尚一日的奔波，觉得吃香蕉与枇杷也是非常幸福，宛如在净土无异，吃完枇杷时就决定把这段因缘，这样笔记下来。

空白笔记本

到一家非常精致、讲究品位的书店买书，顺道绕到文具部去，发现一个非常奇特的现象。

在这家书局里的书售价都在一百到两百元之间，可是一本普通的笔记本售价都在两百元以上，稍微精致一点的则都在五百元以上。由于我平常都使用廉价的笔记本来记事，使我对现今笔记本的售价感到有点吃惊。

站在作者的角度，一本书通常所使用的纸张都比笔记本要多要好，而一本书的成本有印刷、排版、校对、版税等费用，理论上成本比笔记本高得多。再加上书籍的流通有特定对象，范围比笔记本小得多，销路比不上笔记本。因此，一本笔记本售价在五百至一千元，感觉上价格是不太合理的。

我问店员小姐说："为什么这些笔记本这么贵呢？比一本书贵太多了！"

她给了一个我意想不到的答复，她说："哎呀！书都是别人写的，写得再好也是别人的思想，笔记是给自己写的，自己的想法当然比别人的想法卖得贵了。”

说得真好！

走出书店，我沿着种满松香树的敦南大道散步，想到笔记本卖得昂贵其实是好现象，表示这个社会的人生活比从前富裕了，大家也更讲究品质了，有能力花更多的金钱来购买进口的文具。

但是我立刻想到，从前的作家钟理和在写作的时候，甚至没有钱买稿纸，很多文章是写在破旧的纸片上。今年春天我特别到美浓去看钟理和纪念馆，看到作家工整的笔迹写在泛黄的纸片上，心中感慨良深。

接着我想到了，现在大部分的人都用昂贵的笔记本，但真正拿来写笔记的又有几人呢？记得我在离开书局的时候，店员小姐说：“现在很多人花钱买笔记本不是用来写的，他们只是收藏笔记本，有的人一次买很多本呢！”这还是我第一次听到有人专门收藏笔记本，他们可能从来不写笔记，但他们不断地买笔记本，使得笔记本的设计日益精美，售价也一天比一天昂贵了。

比较起来，我自己是有点实用主义的倾向，再美丽精致的笔记本拿到手里总是要写的，有时候，一年要写掉很多笔记本，由于消耗量大，反而不会太在乎笔记本的质量。

但是一本写满自己的生活、感受与思想的笔记本，虽然形式简单、纸张粗糙，总比那些永远空白的昂贵笔记本有价值得多。——在这一点，我觉得店员小姐说得好极了，笔记是为了记录自己思想而存在的，如果我们只是欣赏而不用它，那不是辜负了那棵因做笔记本而被牺牲的树吗？

一个人活在世上，可能庸庸碌碌地过一辈子，然后什么都没留下就离开了尘世，因此我常鼓励别人写笔记，把生活、感受、思想记录下来，这样，一则可以时时检视自己生命的痕迹；二则透过静心写笔记的动作可以“吾日三省吾身”；三则逐渐使自己的思想清明有体系。

一天写几页笔记不嫌多，一天写一句感言不嫌少，深刻的生命、思维就是这样成熟的，如果我们不能在急速流过的每一天，为生活留下一些什么，生活就会如海上的浮沤，一粒粒破灭，终至消失。

我们有很多人有密密麻麻的电话簿，有麻麻密密的账簿；也有很多人在做生涯的规划，做五年计划、十年计划；可是有谁愿意给自己的今天写些什么呢？愿意给生活的灵光一闪写些什么呢？

唯有我们抓住生活的真实，才能填补笔记的空白，若任令生活流逝，笔记本就永远空白了。

梅　香

一个有钱的富人，正在家院的花园里赏梅花。

那是冬日寒冷的清晨，艳红的梅花正以最美丽的姿容吐露，富人颇为自己的花园里能开出这样美丽的梅花，感到无比的快慰。

突然，门外传来敲门的声音，富人去开了门，发现一个衣衫褴褛的乞丐，在寒风里冻得直打抖，那乞丐已在这开满梅花的园外冻了一夜，他说："先生，行行好，可不可以给我一点东西吃？"

富人请乞丐在园门口稍稍等候，转身进入厨房，端来一碗热腾腾的饭菜，他布施给乞丐的时候，乞丐忽然说："先生，您家里的梅花，真是非常芳香呀！"说完了，转身走了出去。

富人呆立在那里，感到非常震惊，他震惊的是，穷人也会赏梅花吗？这是自己从来不知道的。另一个震惊的是，花园里种了几十年的梅花，为什么自己从来没有闻过梅花的芳香呢？

于是，他小心翼翼的，以一种庄严的心情，深怕惊动梅香似的悄悄走近梅花，他终于闻到了梅花那含蓄的、清澈的、澄明无比的芬芳，然后他濡湿了眼睛，流下了感动的泪水，为了自己第一次闻到了梅花的芳香。

是的，乞丐也能赏梅花，乞丐也能闻到梅花的香气，有的乞丐甚至在极饥饿的情况下，还能闻到梅花清明的气息。可见得，好的物质条件不一定能使人成为有品位的人，而坏的物质条件也不会遮蔽人精神的清明，一个人没有钱是值得同情的，一个人一生都不知道梅花的香气一样值得悲悯。

一个人的质量其实是与梅香相似，是无形的，是一种气息，我们如果光是赏花的外形，就很难知道梅花有极淡的清香；我们如果不能细心的体贴，也难以品味到一个人隐在外表内部人格的香气。

最可叹惜的是，很少有人能回观自我，品赏自己心灵的梅香，大部分人空过了一生，也没有体会到隐藏在心灵内部极幽微，但极清澈的自性的芳香。

能闻梅香的乞丐也是富有的人。

现在，让我们一起以一种庄严的心情，走到心灵的花园，放下一切的缠缚，狂心都歇，观闻从我们自性中流露的梅香吧！

香鱼的故乡

在台北的日本料理店里有一道名菜，叫“烤香鱼”，这道烤鱼和其他的鱼都不一样；其他的鱼要剖开拿掉肚子，香鱼则是完整的，可以连肚子一起吃，而且香鱼的肚子是苦的，苦到极处有一种甘醇的味道，正像饮上好的茗茶。

有一次我们在日本料理店吃香鱼，一位朋友告诉我香鱼为什么可以连肚子一起吃的秘密。他说：“香鱼是一种奇怪的鱼，它比任何的鱼都爱干净，它生活的水域只要稍有污染，香鱼就死去了，所以它的肚子永远不会有脏的东西，可以放心食用。”

朋友的说法，使我对香鱼的品味大大提高，是怎么样的一种鱼，心情这样高贵，容不下一点环境的污迹？这也使我记忆起，十年前在新店溪旁碧潭桥头的小餐馆里，曾经吃过新店溪盛产的香鱼，它的体型细小毫不起眼，当时还是非常普通的食物，如今，新店溪的香鱼早就绝种了，因为新店溪被人们染污了，香鱼拒绝在那样的水域里存活。

现在日本料理店的香鱼，已经不是产在新店溪，而要从日本空运来台，使香鱼的身价大大增高，几乎任何鱼都比不上。听说在澎湖某些没有被污染的海域，还能找到香鱼的踪迹，可是为数甚少，早就无法供应吃客的需求了。本来在新店溪旁的普通食物，如今却在台湾找不到故乡，想起来就令人伤感。

每次吃香鱼的时候，我的心情就不免沉重，那种沉重来自香鱼的敏感，在许多人的眼里，所有的鱼除了作为食物以外，就没有别的意义了。香鱼却不同，因为它的喜爱洁净，使我们更觉得应该有一个清洁的生存空间。在某一个层次上，香鱼是比人更高贵的，我们生活在一个被污染的环境，到处充满了刺耳的噪音和汽车排放的黑烟，可是时间一久，我们就适应了这样的环境，甚至一点抗辩也没有。

没有新鲜的空气、没有干净的溪水、没有清爽的天空，甚至没有安静的听觉，我们都已经习焉不察了，面对着一天比一天沉沦的生活空间，有时我们完全失去了警觉。

香鱼不然，它不肯自甘于污浊的溪水，不肯改变自己去适应一个更坏的环境，于是它选择了死，宁洁而死，不浊而生，那样的气节，更使我们面对香鱼的时候低徊不已。

记得多年以前，我在梨山上参观过鳟鱼的养殖；鳟鱼是濒临绝迹的鱼类，在台湾，只有梨山上清澈的溪水和适当的水温能让它们乐于悠游，正由于它们独特的品性，使养殖的人丝毫不敢掉以轻心，也正因为这样，鳟鱼在人们的心目中永远不会和吴郭鱼相提并论。

有一次我在澎湖的海边度假，渔民们邀请我到海边去欣赏奇景。

那一天，许多海豚无缘无故地游到岸上集体自杀，我站在海岸边，看着那些到处罗列的海豚，它们从海里跳到岸上等待着死亡，却没有人知道原因，我也不知道。

海豚的集体自杀，给当地的渔民带来一笔小财，没有人探问它们为什么拒绝生存，我的心里却充满了疑惑；海豚是一种智商很高的动物，它们到底为什么要集体自杀呢？是不是心情上受不了什么委屈？在以前海面干净的往日，是不是也有海豚自杀呢？

生物学家恐怕也无法解开海豚自杀的谜题，但是我深知，海豚的自杀不是“无缘无故”，一定有它的理由，只可惜，我们不能理解。唯一可以理解的是，动物有动物的想法，鱼也有鱼的心情。干净的海，是海豚的故乡；清澈的溪水，是香鱼和鳟鱼的故乡；它们宁可做

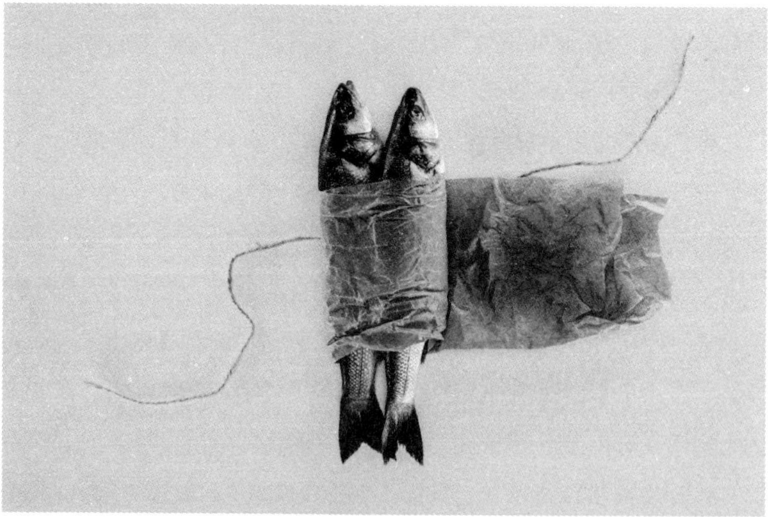

失乡的游魂，也不愿活在污浊的水域，是作为人的我们，应该深切反省的。

有许多饲养鸟类和热带鱼的朋友，经常向我抱怨，不管他们如何细心照料，鸟和鱼都会无故地死去。我想，鱼鸟的死都不是无故的，因为鸟是属于山林的，不属于笼子；鱼是属于河海的，不属于水箱。现在更严重的是，即使在山林河海，由于人为的污染，许多动物都活得不快乐，恐怕在大自然里，只有一种动物对坏的环境能安之如常，那种动物的名字叫作“人”。

几年前，台北市政府在新店溪“放香鱼”，让香鱼回到它的故乡，据说现在新店溪里已有为数极少的香鱼存活，如果河川不继续污染，将来我们食用的香鱼不必从空中来，而是本乡的土产。

香鱼是我们的，故乡也是我们的，我们千万不要让故乡成为香鱼拒绝的地方。

河口印象

夕阳准时在下午六点，坠入河口。我说准时，是因为在河口附近采虎苔的妇人告诉我，在冬春之际，一定都是在这个时间从黄昏进入黑夜。

那里我坐在河口码头右侧的巨石上。这里是沙仑，是淡水河真正注入台湾北海的出口，出口处竖立一枝标示的三角旗，有一群人站在码头沿岸钓鱼。再进去是一个汽车教练场，旁边是采沙的沙石场。我的左侧有一对情侣在柔美的晚霞中热烈地拥吻，想是情不自禁所致。我的右侧是两个妇人在采岩石上的虎苔，要回家做晚餐。她们说："虎苔炒姜很美味，煮鱼丸汤也不错。"

较远的地方是骑马场，有两位骑士正在沙滩上策马飞驰，沙土飞溅。四个孩子拿着纸袋在捉沙蟹和虎头蟹。海防士兵的碉堡孤独地站在远处，冷冷地眺望河口。

我们如果把眼光放远，看着海面，并且注意海的景象，思索着停在河口附近的小渔舟，那么，淡水河流出海面的这一段海岸，仍然有着非凡的美丽；尤其是在冬日的晴天，风吹得高，饱孕着橙红的色泽，夕阳以优美的姿势，穿过灰蓝的海面。

但如果我们把视线拉回，往沙仑这边注视，就会发现海岸上的景色是极惊人的；就在短短的河口沿岸，堆满了各式各样从河漂出的被海浪打回岸上的东西，有保丽龙、塑胶袋、玻璃瓶、皮球、宝特瓶、鞋子、衣服、铁丝、椅子的脚、圆珠笔，还有许许多多不知名的垃圾，散乱地落满海岸各处。就在海浪的边缘，有几个垃圾袋和一个保丽龙便当盒被打上来，又退回去，周而复始。而海浪，灰斑点点、浮油处处。

我想起刚刚从沙仑海水浴场散步过来时，冬日海水浴场关闭了，仍有三三两两的游客在海岸散步；但海滩上除了马的蹄印，是相当洁净的，反而在靠河口的这一边，因为从来没有人注意，垃圾成堆。垃圾原来是不属于海的，它是淡水河的产物；那么，我们可以确定，沿河而上，有很多很多的垃圾被制造、被倾倒，最后顺河流出海口。

淡水河沿岸的景象不必多说，我们就能想象它的容貌，这些漂进深广海洋的垃圾都使我们感到多得可惊，何况是一条小小的淡水河呢？有着人文历史的淡水河，因为被毫无顾忌地蹂躏，成为台北的下水道，这条河现在的功能非常简单，就是抽取沙石、排放垃圾、传播污染。

一条河的败坏与死亡就是如此可怕，当它的上游受到污染，它的中游、下游，乃至河口就没有河清之日。住在海边的人当然也感觉得到河的污染。

我和一位带孩子来海边放风筝的中年人聊天，他说："海口的石头，从前没有这样黑。"可是他们是无奈的，就像采虎苔的人说："现在石头上的虎苔生得少了，也不如从前青翠，但采一篮，做个菜，还是有的。"只是在生着虎苔的石缝中常有螃蟹的尸体，叫人心惊。

要挽救这条河，海边的人当然无能为力，必须从很远很远的上游开始。河口的人并不是制造污染的人．却必须承担污染的代价，这是不公平的。可是如果污染继续下去，恐怕沿着淡水河的城镇都要付出代价，这代价是生态的、人文的、景观的、自然的，乃至于良知的败坏。

要知道淡水河口的余晖，就在天好的黄昏去沙仑河口看夕阳吧！下午六点整。

要知道淡水河的败坏，不论什么天气都到沙仑河口岸上走走吧！不管几点钟都有。

从淡水河口回来，我捡到一只新死的虎头蟹的尸体，它的骨壳还坚硬如活着一般，肢体完好；但，它却真的死了。

绿手指与绿拇指

到世贸中心去看花卉展览，感觉像是台北最美的花和盆景都被移到室内来了，插花与切花和去年所见略同，有两个区域特别吸引我的注意。

一个是兰花展览，各形各色的兰花都在盛开，品类之繁，超过人的想象。兰花近几年在社会上出尽风头，常常成为社会新闻的头条，为了兰花而盗窃、抢劫、杀人时有所闻，对于不养兰的人，真的很难理解兰花为什么会变成那样的面目。种花、养兰原是人间的雅事，却在商人的炒作、利欲的熏心中变成可憎的事。

这次国际花卉展的兰花都是普通的品种，不论是兰芽、盆花的价钱都很低廉，看到花农印的目录，甚至也有三株一百元的。但是开起花来，比名种兰花也毫不逊色，就更觉得兰花炒作的不合理。

特别是兰花区域面积最庞大的台糖蝴蝶兰，十分引人注目。台糖近些年来改变经营理念已是尽人皆知，但大概还有很多人不知道台糖已成为种植兰花的大户。

台糖在五年前投入兰花的研究发展，并把主力放在蝴蝶兰，才短短的五年，现在种植兰花的温室面积有三万五千平方米，年切花产能在二十万枝以上，瓶苗供应有六万瓶以上，各阶段的兰苗则每年有一百万株以上……以目前的情况看来，台糖成为蝴蝶兰王国是指日可待的。

看到台糖培育出的大轮种蝴蝶兰竟有人的巴掌之大，养育容易、售价低廉，想到那些把兰花抬到天价的人是多么的愚痴呀！

另一个惹人注目的是人造花区域，台湾人养花早就享誉世界，但没想到能有这么多的面貌，又做得如此逼真。有一些花不仅颜色、花形与真花一模一样，甚至在触感、嗅觉上也几可乱真，唯一不同的就是先告诉我们："它是假的。"

假花比真花贵好几倍，这也是难以想象的。不管怎么样，还是种真花好！

我一直很景仰——甚至可以说崇拜——那些天生有绿手指的人，他们手指点到之处都充满了生机。看"台北国际花卉大展"最开心的是，发现台湾有不少绿手指，有能力种出最美最好的花。

但是反过来一想，为什么这些花卉和植物只有在花展、花市才看得见？为什么我们日常生活里很少人做这样的绿化，使我们的环境更美呢？

台湾可以说是植物和花卉生长的天堂，只要有一点点用心，就能把美丽的植物种起来，就可以改善我们的空气和环境质量。因此，最好是人人都来做绿手指，每个人只要多种两株植物，台北就会变成多

只要有一点点用心，

就能把美丽的植物种起来，

就可以改善我们的空气和环境质量。

么可爱的地方！

最近，有一些朋友发起一项运动“以绿指为地球做保”，只要民众自备购物袋到支持该活动的“绿色商店”消费，每少用一个塑胶袋，并在商店盖上自己的一枚绿拇指，商店就会捐出塑胶袋制作成本的一半金额，作为赞助环保之用。

那是因为塑胶袋在我们的生活中已经泛滥成灾，我们一年用掉的塑胶袋竟高达二百二十亿个，平均制造成本两元，每年光是浪费在上面的就超过四百四十亿元，对环境破坏的成本还没有计算在内！因此，“绿色消费者基金会”发起的这项运动，意义十分重大。

如果每一个人，都愿意用绿拇指为地球做保，减少环境的破坏，又愿意做绿手指，种植几棵植物，制造鲜氧、美化环境，那么创造祥和、永续发展的社会环境才有可能！

珍惜的心

有一次和柴松林教授同台演讲，柴教授讲前半场，我和瞿海源教授讲中场和后半场，柴教授因为别处还有演讲，先行离席，离开的时候，他突然站着说：“呀！对了，还有一件事。”

他从皮包里取出一个方形的东西，慢慢地展开，竟变成一个很大的手提袋，他说：“这是我们新环境基金会设计的手提袋，折起来很小，打开以后可以装很多东西，为什么要用这种手提袋呢？因为我们台湾已经快要被塑胶袋淹没了，如果我们出门时带一个这种手提袋，就可以不用向店里和摊贩拿塑胶袋，我们少用几个塑胶袋，我们台北，甚至整个地球就干净几分了。”

当天，我们演讲的题目是宗教的现代化，和环保并无直接关系，因此对柴教授突然的举动，全场为之肃然，然后他再拿出一个手提袋，送给主办演讲的文殊佛教百货公司的董事长洪启嵩说：“我正好还多带一个，把它送给洪先生，希望我们宗教的现代化就从保护生存环境开始，在座的各位如果希望也有这样的手提袋，请向新环境基金会索取。”

柴教授离开的时候，全场报以热烈的掌声。

柴教授的这种无时无刻不为保护环境设想的精神，使我大受感动，感动的是这个社会虽然混乱堕落，还是有许多有心人在默默地付出。从此我不免见贤思齐，去买东西时尽量少取用塑胶袋，这时才发现我们滥用塑胶袋已经到了令人惊心的地步。

每天大量消耗的牛奶、汽水、饮料，许多都用塑胶瓶和宝特瓶，制造出来败坏环境的因素是不能忽视的。到市场去买菜，每买一把菜就是一个塑胶袋，回到家就是十几个塑胶袋。到面包店买面包，每个面包是一个小塑胶袋，然后一起装在一个大塑胶袋。到超商去买小小的一个茶叶蛋，也是两个塑胶袋……其实，每个人每天都制造出无数的塑胶袋，也就是环境中无数的毒素，只是我们习焉不察，不以为意罢了。

我们可不可以减少制造像塑胶袋这种环境的负面因素呢？可以的，在先进国家里，饮料多用玻璃瓶和铝罐，到超级市场或速食店都是用纸袋包装，以台湾目前的经济情况，使用玻璃、铝铁、纸袋都是轻而易举的事（我们二十年前不就是那样吗？）为什么我们不肯去做呢?

除了塑胶袋，纸张的使用也是严重的问题，我最近有两本书是用“再生纸”印刷，出版社的朋友告诉我：“再生纸的价钱和处女纸差不多，为了保护环境，我们宁可使用再生纸。”我听了也很感动，我们应该更大量的使用再生纸，像纸袋、信封、杂志、广告单、信纸、书籍、笔记簿都应该提倡再生纸的观念，落实“地球上没有一棵树因为印这本书倒下来”的宣言。

少用塑胶袋、多用再生纸，由民间的个人来做收效是比较缓慢的，如果由大的企业团体来倡导，应该会有效得多。例如百货公司、超级市场、统一超商、味全超商这些一天使用数万，甚至数百万塑胶袋的单位来做，一定会快速而有效。

我时常突发奇想，如果有一家大企业（例如统一），全面来改革以纸袋取代塑胶袋，那么该企业在“形象”的回收与价值是不可估量的，简直可以说是万民称庆。最近报载，美国麦当劳总公司决定从明年开始，把包装汉堡的保丽龙盒全改成纸盒，装饮料的杯子全使用纸杯，竟成为世界性的新闻，麦当劳一直是速食业的“龙头”，光是这一个宣布，就使我们知道，纵使有再多的竞争者，其龙头地位是难以取代的，那不是因为它的汉堡特别好吃，而是因为它的形象。

对于环境不制造负面因素，最重要的意义是一颗珍惜的心，人人如果都有珍惜的心，连看来似乎无关紧要的环境都尽力维护珍惜，就会珍惜物质、珍惜人情、珍惜一草一木，那么社会，乃至世界的清明就较可期待，“珍惜的心”也就成为文明与文化最重要的动力。

传播媒体把那些珍惜物资、珍惜环境的人称为“新节俭主义”或“新保守主义”，我觉得是褒词而不是贬词，我们这个欲望横流的时代，不懂得惜物爱人的社会，需要的是一种对物资的“新节俭运动”；对于无知伤害环境的人，对于明知故犯的破坏生灵的新人类，需要的正是“新保守运动”！

我也自命为新节俭主义者、新保守主义者，那是我深信唯有人人有这样的自许，我们的社会才有希望！

月桃花的心事

从石门水库往阿姆坪的路上，整座山魔法似的开满月桃花。月桃花的形状真像米色滚黄边的一串风铃，沿途走去，仿若有千万串风铃随风摇响，山音清脆，天地高远。挂着风铃的月桃花梗，笔直但不规则地探向天空。

风铃一样的野生月桃花，有什么花可比呢？平地上温室里的花是不能比的，大概只有花东公路两旁一长列展开的野百合，或者是南横公路两侧的野姜花，或者是澎湖小岛上遍生的天人菊，甚至长在中南部山坳中的美人蕉，它们的生命力才能和月桃花比拟吧！

在阿姆坪半路上有一座白色凉亭，亭中一位老妇正在出售她在深山种植的竹笋，笋色白嫩，真像雨后的山岚。我在凉亭中买了竹笋，并迎风眺望微微雨湿的潭水，游湖的船自潭面滑过，偶尔也飘过一两艘细瘦的风帆。

就在观赏的时候，我发现凉亭方圆半里竟没有月桃花。连绵不断的月桃花在那里突然如断线一般，杳然无踪。我沿着凉亭两侧散步，发现处处都有攀折的痕迹，残断的花梗无声垂落——所有的月桃花全被折走了。那种心情像是多年前我不小心跌落了一串心爱的玻璃风铃，碎片一地。

我问起卖竹笋老妇关于月桃花的事。

她说："有很多爱花的人，他们每到凉亭休息，就在四周折几株月桃花回去呢！尤其是春天，来的人多，没几天就采光了。先生，你也爱月桃花吗？那可能要往下走一公里才摘得到了。"老妇指着山弯折过去的地方，微笑地说。

老妇的话让我疑惑，那些来游玩的人，为什么在店里买玫瑰花还不够，要来破坏山上的月桃花呢？月桃花若活在山上，它会开花结子，遍地落生，一串花可以长出数十株新苗，而在家里的花瓶中，花只是花，两天就萎谢了。

后来老妇和我说起阿姆坪原来的名字吟"鸭母坪"，因为有许多人饲养的和野生的鸭子，现在鸭子都不在了。鸭子在哪里呢？在人的腹中，人正坐在湖心的船上游湖呢！我想，连月桃花都保不住，鸭子当然是活不下去的——因为看到月桃花不动心的人很多，看到无人饲养的鸭子而不食指大动的中国人恐怕很少。也侥幸市面上还没有卖月桃花的人，凉亭半里外的月桃花还能迎风摇曳，否则大概整山的月桃花都被采光了。

到了有名的阿姆坪，怎么形容那个地方呢？人山人海摩肩接踵，几乎让人不能好好地走路。游湖的人从谷底排队到坪顶，有的手里还提着播放流行歌曲的录音机。

整个阿姆坪几乎没有一块干净的土地，处处都是垃圾和人留下来的残渣，尤其是昨夜露营的年轻人拔营以后的营地，到了惨不忍睹的地步。就在那些垃圾堆里，我看到凋残的月桃花踪迹。本来一串串滚圆的花，一朵朵干瘪地碎了一地，那些“爱花的人”离去了。他们竟连月桃花都不肯带回家，孤寂萎坏的月桃花没有眼泪，没有哭声，它们就那样安静地在垃圾中死亡了。有许多被踏黏在地上的已经模糊而不可辨。这些本来可以在山中结子、落地重生的月桃花，竟因为人无意的过失，失魂于乌有之乡！

由于有翠绿的山、广大的土地做背景，月桃花的美实在不是花店里的花可比，可惜因为它生得太多，枝梗强悍，竟被看成是卑贱的花，可以任意摧折，随地遗弃，那些丢掉月桃花的人恐怕永远不会为青山美景的破坏而悔罪。人如果踩坏了一亩玫瑰，恐怕会被同声斥责，日夜难安。为什么人破坏了一里长的月桃花，却能视若无睹呢？

听说花东公路的野百合、南横公路的野姜花近年来被游客摧折得几乎找不到踪迹。我想，终有一天，同是大地赐予的月桃花也会和它们命运相同，逐渐失去土地，往山的最顶端退去，只留下空谷中微弱的叹息。

我相信，只有当我们这片土地找不到一株月桃花的时候，采花的人才会怀念月桃花，或者说不定连怀念都没有，就当做我们从来没有见过月桃花。

到那时，我想问月桃花有什么心事，但是一定得不到回答，因为它没有责任对人回答，它是属于山的。

我年轻时是从山下到山上找前途的，

前途只是一种生活，

生活得适意，就是人的前途了。

娘子坑的午宴

亲戚的亲戚的亲戚请客，亲戚打电话来相约前往，我说人生地疏路遥，实在不好意思去，但也不免问起是何故请客，在哪里请客。

“他们在娘子坑请客，是在山上，种满了茶叶。”听到“娘子坑”这个地名，又有茶叶，我有几分动心了。亲戚又说：“是老人家过八十岁生日，儿孙给他做寿。这位年已八十的老人，还腿健目明，爬起山来如履平地呢！”我的心又动了几分。

当亲戚说到娘子坑请客的菜式时，我已经铁定要去了。他说：“他们请客的猪是自己养的，鸡鸭是自己宰的，蔬菜是自己种的，连烧菜的木柴都是山上砍来的。”加上他们今年冬茶刚收，新焙完成，那一天又是冷风逼人，想想到山上喝口新茶热酒也好，当下挂了话筒，驰车出门与亲戚会合，便往娘子坑荡荡而去。

“娘子坑”在以生产豆干闻名的大溪镇郊外，从桃园往大溪，过了大汉溪桥，往另一条岔路行去。我去过多次大溪，大溪给我的印象是相当繁华的，除了生产百吃不厌的豆干、豆腐乳、笋干等酱罐之外，还有非常高级的红木家具。街上的市容古意盎然，临着大汉溪的“大溪公园”花木扶疏，山水襟带，大概是全省最美的公园之一。总之，大溪是一个有密集格局的小镇。

但是，往娘子坑的路上就和大溪镇完全不同了。在娘子坑的路上，已经完全没有小市镇的影子，两侧都是农田，屋子也不是两层的石灰洋房，而是坐落在田里的小砖屋了。路是新铺成的，听说这条通往娘子坑的路是近两年才辟成的，路上没有一个行人。

为什么这样的地方偏偏取了一个“娘子坑”的名字呢？我问亲戚，他也说不出个所以然来。他说：“有什么关系呢？只要风景好，叫什么名字都是一样的。”

不久，我们转入了一条尚未铺路的小径，车子颠簸前进，两旁都是果园，有橘树、柳丁，正红熟地挂在树上。有些木瓜园子木瓜落了一地。另外还有一片香蕉树，长得格外瘦小。以及一路的菜园，种植了各种青菜。在开垦的土地当中，有一两处特别曲折的、石头特别多的地还荒废着，开着不知名的野花，与芦絮一起在冷风中摇摆。

路上全是石子，车子碾过，石子跳起打在车底，叮叮咚咚，是一种好听而让人心疼的交响乐。亲戚说：“走过这段石头地，就是今天宴客主人的地盘了。他在这座山里开辟了六十年，凡我们所走的路，所看到的果园菜圃，都是他一锄头一锄头打出来的。”听说这座山从前是满铺石头的山，根本不能种作。现在除了走的路是石头的之外，大部分已经是良田了。这使我没有见到主人之前，就心向往之。

汽车到了山坳口再也不能前进，因为路到了这里变成阶梯。我们弃车步行登山，顺阶梯而上，一直到山顶，种的全是茶叶。这时山风迎袖，一阵清冷。亲戚说山上种的全是上好的乌龙茶。我们俯身看着那矮小的茶树，发现有着新采过的痕迹，就知道这一季的冬茶已经焙过。

转一个弯，红砖的小三合院在阳光下闪亮。主人看见我们，点燃一串长长的鞭炮，炮声在宁静的山谷回响，屋里屋外站满客人。原来主人过八十大寿，宴请八桌，特地从山下请来的厨师已经升火待发。八十岁的寿星从屋前迎来，声音清亮，望之如五十许人。为了宴客，特别穿了全新的蓝衫子，绷得紧紧的，几乎能看到他包裹在衣服里长年劳动形成的肌肉。

“原来是这么盛大的请客呀！”我说。

老寿星笑起来，说为了这次请客，邀请来大溪、莺歌、三峡一带最好的厨师。因为材料都是山上的出产，厨师们已经在山上住了三天，研究着如何处理那些粗疏的菜色，使它们上得宴席。随后他带我们在四周走了一圈，参观他们屋边的猪舍、鸡寮、狗屋以及种满鸡冠花、圆仔花、金线菊的花园，请我们在三合院的西厢入座。从西厢门望出去，正好是一片蓝色的天空和青色的山脉，主人养的鸽子早就在天空里飞翔了。几只小狗知道请客，已在桌下就位，公鸡在院子里骄傲踱步。

上菜了，第一道冷盘是海蜇皮凉拌青木瓜丝，爽脆无比，青木瓜的脆劲犹胜过海蜇。我惊叹道：“这才是真正的山珍海味，没想到青木瓜这么好吃。”主人听我赞赏，允请我回去时在木瓜园子里摘些木瓜回去。他说："这木瓜要大到快熟的时候凉拌才好吃。"

第二道是笋干封肉。听说笋干是去年山上的春笋，主人卖的时候留下那最嫩的一部分，早就预备好今年的寿诞请客的；肉也是上等好肉，是昨天才杀的，整整用笋干封炖了一天一夜。虽是寻常乡菜，由于火候够、材料好，在山风中吃起来，真让平地来的客人差一点吞了碗公。

接着是白切鸡，那鸡是刚生了蛋的小母鸡；香菇猪肚的香菇是不远处人家烘焙的，朵小而味浓；白菜卤的白菜是自家种，未洒过农药；乞丐鸡的鸡肚里塞满了香菇和萝卜；清炒空心菜的空心菜是种在草房里的，翠得像玉……主人最遗憾的是，明虾和鳕鱼不是自己生产，是听从厨师的建议在山下采买的，怕不是真正山上的口味。

最后一道菜是在一个巨大的盘子里摆着十个红龟，上面印了"寿"字，是给客人带回家的。与红龟一起上来的是一道猪脚卤蛋面线，为祝主人高寿不得不吃的。吃完卤蛋，我们几乎站不起来了。撤下碗盘，主人要他的曾孙备茶待客，然后带我们去看"茶房"。茶房里用竹篮一层层摆满茶叶，全都分级挑拣，准备送入大铁锅里烘焙。

主人说："烘茶其实和做菜一样，靠的是材料和火候。好的材料如果没有火候，也不会有好茶。"等我们转回厢房，茶已经泡好。我无法形容那茶叶的好了，因为那不是茶不茶的问题，而是主人的好客和山上的清气，使我觉得世上再没有一种茶，能比茶农亲手泡的茶更能深深地浸入人的内心。何况那茶又真正是上好的！

喝茶的时候，主人说他有六个子女，孙子曾孙可以塞满一整个客厅，可是长大后，大部分都离家星散，认为在山上种茶、种菜、种水果、养鸡、养猪没有前途，各自到山下找前途去了。有些发达起来，想接他们去同住，老人住不惯没有地的房子，吃不惯冰过的食物，还不如留在山上自在。因此，如今偌大的庄园和一整个山头，只有老夫妇和年过耳顺的大儿子在经营着，几个孙子每每抱怨：光是走路去上学，就是一个多小时的路程。想必将来也要到山下去找前途的。这样，娘子坑八十岁老人的语气里不免透露出一种遗世的寂寞。

他感叹地说："我年轻时是从山下到山上找前途的，前途只是一种生活，生活得适意，就是人的前途了。"他抬头望着门外青山，指着他的房子说，"你看，这屋子不算大，但也整整住了六十年。这些地我种了六十年。你们进来时经过的路，也开通了六十年。"六十年在他的口中只是一朵云飘过，即将飞过那渺不可知的山的另一边。

我们循原路回来的时候，我觉得这种自耕自食、皇帝也不及的生活已经在我们的四周逐渐退去消失，也许再过不久，世界再没有隐居的人——这时我才知道"娘子坑"名字的由来，它在从前是偏陋荒凉、来此地垦荒的单身汉讨不到娘子的地方。现在，却是别有天地非人间了。

回家以后，我把从娘子坑带回来的青木瓜刨丝，凉拌海蜇皮，却无论如何也比不上在山上的味道。这使我迷惘起来，好像青木瓜一离开娘子坑的土地，也失去了什么，而我如何能把青木瓜调出山上的滋味呢？这是不可能的，因为老人种了六十年才种出来的木瓜，而我只不过在午宴的时候顺手带回来罢了，并没有把整个娘子坑带回来。

食家笔记

长板条上

所有的日本料理店，靠近师傅料理台一定有一个用木板钉成的长板条。这板条旁边的椅子一般人不肯去坐，原因无他，只因不够气派。在台湾，日本料理店生意最好的是在房间内，其次是桌子，最后才是围着师傅的板条。在日本则是反其道而行，最好的是板条边。

吃日本料理，当然不得不相信日本人的方式。这个长板条之所以受人喜欢，是因为日本人去喝酒时大部分是小酌，而不是大宴，一个人坐在长板条边是最自在的。

如果你要吃好东西，也只有在长板条上。因为坐在长板条边，马上就靠近师傅，日久熟识互相询问家常。师傅一边谈话，一边总会从他身边抓一些东西请你，像毛豆、黄瓜、酱萝卜、生芹菜包芝麻之属，有时候甚至挖一勺刚做好的鱼子给你，或者把切剩最好的一条鱼肚子推到面前。

坐长板条的客人通常不是寻常客人，都是嗜好生鱼的，那么师傅会告诉你，今天什么鱼好、什么鱼坏，并非他故意去买坏鱼，是鱼市场的鱼货当日有些不甚高明，然后会说："今天有一种好鱼，我切给您试试。"等你吃完满意了，他才切上算账的来。而你不要小看那一片试试的鱼片，料理店的一片好鱼，通常吃一口要一百元的。

长板条是最能学吃日本料理的地方，因为所有的东西都摆在面前，有许多选择的机会。如果坐在房间里，吃一辈子日本料理，可能许多见都没有见过。

长板条上也是最有人情味的地方，只要坐在长板条边，总不会吃得太坏。中国人说"见面三分情"，大师傅就在面前，总不好意思弄一些差的东西给你。而且师傅无形中聊起日本料理的情形种种，自然就是在传法给客人了。最最重要的是，如果是熟客人，价钱总会算得便宜一些，因为在日本料理店中，每张桌子都由服务生开单，唯有在长板条上是"自由心证"，全权由师傅掌握，熟人好说话，一定比房间里便宜很多。

在日本一些专卖生鱼和寿司的店，有时没有桌子，只有板条四桌围绕，师傅们则站在里面服务。一个师傅平常只照顾五张椅子，有那相熟的客人往往不仅认店，还要认师傅。这时不仅手艺比高下，连亲切都要一比。因而店中气氛融洽，比其他日本料理店要吵闹得多。

由于日本人生鱼生虾吃得厉害，所以卫生新鲜要格外讲究。听说要是在日本吃料理中了毒，可以向店里控告，赔偿起来大大的不得了。而坐在长板条上不但可以控告店里，连认得的师傅都可以告进官里去。因此师傅们无不戒慎恐惧，害怕丢了饭碗，消费者得以安心大啖其生猛海鲜。

我过去不觉得日本料理有什么惊人之处。有一回和摄影家柯锡杰去吃日本料理，第一次坐在长板条上。老柯与师傅相熟，大显身手地叫了许多平日不易吃到的东西，而且有大部分是赠送的。这时始知吃日式料理也有大学问。老柯说："日本料理的师傅也是人，有荣誉心，如果遇到一位好的吃家，他恨不得自己的肚子都切下来给你下酒，谁还在乎那区区几个钱呢？"

柯锡杰早年留学日本，吃日本菜是第一流的高手，但是他说："不管吃什么菜，认识大师傅是必要条件，中国菜里也是一样的吧！菜里无非人情，大师傅吩咐一声，胜过千军万马。我早年在美国当厨子，自己发明一道烤鸡，名称就叫'柯氏鸡'，与'麻婆豆腐'一样，以人名取胜。结果大家都爱吃这道菜，不一定是菜有什么高明，是他们认识了柯氏，在人情上，总要试试柯氏鸡的滋味吧！"

这使我想起另一位吃家欧豪年。欧豪年每次在餐馆请客，一定提前半个小时前往，我觉得奇怪，不免问他，他说："主要是先来挑鱼，同样的鱼只要大小不同，味道就差很多。像青衣石斑之属，一斤左右的最好，太小的肉烂，太大的肉老。其次是先和师傅打个招呼，他就会特别留意，做出真正的好菜来。就说蒸鱼好了，火候最重要，要蒸到完全熟了可是还有一点点肉粘在骨头上，那个节骨眼，只有一秒钟的时间。"

中国人吃饭挑师傅相熟的馆子，和日本人在长板条上挑师傅一样，是人情味的表现。我曾在一家日本料理店看一个日本人在长板条上，每吃一片生鱼就喝一杯清酒，一边和师傅聊天，最后竟然大醉高歌而归。那时我想：使他醉的不一定是清酒，说不定是那个师傅！

梁　妹

新加坡朋友何振亚颇有一点财富，待人热诚。我在新加坡旅行时住在他家。他最让人羡慕的不是他的有钱，而是他有个好厨子。

何振亚的厨子是马来西亚籍的粤人，是个单身女郎。她身材高挑，眉清目秀，年约三十岁。等闲看不出她有什么好手艺，但她是那种天生会做菜的人。

这梁妹不像一般用人要做很多事，她主要的工作就是做做三餐。我住在何家，第一天早上起床，早餐是西式的：两个荷包蛋，两根香肠，一杯咖啡，一杯牛奶或果汁。奇的是她的做法是中式的，蛋煎两面，两面皆为蛋白包住，却透明如看见蛋黄——这才是中国式的“荷包蛋”，不是西式的一面蛋——而那德国香肠是梁妹自灌的，有中西合璧的美味。

正吃早餐的时候，何振亚说：“你不要小看了这鸡蛋。你看这鸡蛋接近完全的圆形，火候恰到好处，这不止是技术问题。梁妹是个律己极严的厨师，她煎蛋的时候只要蛋有一点歪，就自己吃掉，不肯端上桌，一定要煎到正圆形，毫无瑕疵，才肯拿出来。我起初不能适应她的方式，现在久了反而欣赏她的态度，她简直不是厨子，是个艺术家嘛！”

梁妹犹不仅此也，她家常做一道糖醋高丽菜，假如没有上好的镇江醋，她是拒绝做的。而且一粒高丽菜，叶子大部分要切去丢掉，只留下靠菜梗又厚实又坚硬的部分，切成正方形（每个方形一样大，两寸见方），炒出来的高丽菜透明有如白玉，嚼在口中清脆作响。真是从寻常菜肴中见出功夫，那么可想而知做大菜时她的用心。有一回何振亚请酒席，梁妹整整忙了一天，每道菜都好到让人嚼到舌头。

其中一道叉烧，最令我记忆深刻。端上来时热腾腾的，外皮甚脆，嚼之作声，而内部却是细嫩无比。梁妹说："你要测验广东馆子的师傅行不行，不必吃别的菜，叫一客叉烧来吃马上可以打分数。对广东人来说，叉烧是最基本的功夫。"

梁妹来自马来西亚乡下，未受过什么教育。我和她聊天时忍不住问起她烹饪的事。她说是自己有兴趣做菜，觉得煎一粒好蛋也是令人快乐的事。

"怎么能做到这样好？"

"我想是这样的，一道做过的菜不要去重复它，第二次重新做同一道菜。我想，怎么样改变一些佐料，或者改变一点方法，能使它吃起来不同于第一次，而且企图做得更好一点，到最后不就做得很好了吗？"

我在何家住了一个星期，真觉得有个好厨子是人生一快，后来新加坡的事多已淡忘，唯独梁妹的菜印象至为深刻。我不禁想起以前的法国大臣塔里兰奉派到维也纳开会，路易十八问他最需要什么，他说："祈皇上赐臣一御厨。"因为对法国人来说，没有好的厨子，外交就免谈了。

以前袁子才家的厨子王小余说："作厨如作医，以吾一心诊百物之宜。"又说："能大而不能小者，气粗也。能啬而不能华者，才弱也。且味固不在大小华啬间也。能，则一芹一菹皆珍怪；不能，则虽黄雀鲊三楹，无益也。"真是精论，一个好厨子做的芹菜绝对胜过坏厨子做的熊掌。

做一个好厨子的条件是怎样的呢？

美国玄学大师华特说："杀一只鸡而没有能力将之烹好，那只鸡是白死了。"

法国人爱调戏人，他们常问的话是："你会写文章，会画图作雕刻，你好像什么都有一手，且慢，你会烧菜吗？"呀哈！如果你只会写文章，不会烧菜，只能算是"作家"，不能算是"艺术家"，骄傲的法国人眼中，如果你不会烧菜，至少也要具有好舌头，否则真是不足论了。

得过最高荣誉勋章的法国大厨波古氏说过："发现一款新菜，比发现一颗新星，对人类的幸福有更大的贡献。"诚不谬哉！

响螺火锅

在纽约旅行的时候，有一天雕刻家钟庆煌在家里请吃火锅，约来了纽约的各路英雄好汉，有画家姚庆章、杨炽宏、司徒强、卓有瑞，摄影家柯锡杰，舞蹈家江青，作家张北海。

那一天之所以值得一记，是因为钟庆煌准备了难得吃到的响螺火锅。响螺是电影中常见海盗用来吹号的那种螺，体型十分巨大，吃起来颇费事，故一般西方人很少食用，在纽约只有中国城有得卖。

钟庆煌说，他为了准备这响螺火锅已整整忙了一天，一早就走路到中国城挑选合适的响螺。由于响螺壳坚硬无比，必须用锄头敲开，敲开之后只取用其前半部（像吃蜗牛一样，前半部才是上品）。取下后切片也不易，因响螺肉韧，必须用又利又薄的牛排刀才能切成薄片，要切得很薄很薄，否则就不能吃火锅了。

听钟庆煌这样一说，大家都颇为感动，而且听说一般馆子吃响螺不是用焖就是用炖的，用来吃火锅还是钟庆煌的发明。

那一次吃响螺片火锅滋味难忘，因肉质鲜美，经滚水烫过有一股韧劲和脆劲，吃起来有点像新鲜的鲍鱼片，但比鲍鱼更有劲道，而且响螺肉有点透明感，真是人间美味。吃涮响螺片时我才发现，如果真有至味，不一定要依赖厨子，然而火候仍是不可忽视的，透明的螺片下锅转白时即捞起，否则就太老了。

回台北后，吃火锅时常想起雕刻家亲手拿锄头敲开的响螺火锅。可惜找不到响螺，后来在南门市场一家卖海鲜的摊子找到了响螺，体积比美国的小得多，要价一两十五元。摊贩说是澎湖的响螺，滋味比美国的好，因为美国的长得太大了，肉质较硬。

带一些回来试做，才发现不然。因美国响螺大，切片后吃火锅较适合，澎湖的嫌小了一些。后来我想了很久，用一个新的方法做：先炖鸡一只，得汤一碗，再用鸡汤煨响螺片约十分钟，味道鲜美无比。

现在台北的馆子里也开始做响螺，尤其广东馆子最多。通常也是用鸡汤煨，再焖一些青菜进去，是正统的吃法；另有一法是将螺肉挖出剁碎，和一些碎肉虾泥再塞回螺壳中蒸熟，摆到盘子里非常壮观，可惜风味尽失。这使我想到，生猛海鲜本身的味道已经各擅胜场，纯味最上，配味次之，像什么虾球、花枝丸、蚵卷、蟹饺等都是等而下之了。

画家席德进生前也是有名的吃家，他就从不吃虾球之属，理由之一是：谁知道那是什么做的。理由之二是：即使用虾也不会用好虾，好好的虾干吗炸虾球？——真是妙见，把新鲜响螺剁碎了，简直是暴殄天物。

但这也不是绝对的。做汤的时候，用一个响螺同做，味道也完全不同。问题是，这时的响螺肉就不能吃了——这似乎是吃家的原则之一：你有一种东西，只能选择一种吃法，不能又要喝汤又要吃肉。

荷叶的滋味

在台北的四川馆子和江浙馆子里，常常有一道菜叫“荷叶排骨”。荷叶排骨就是用荷叶包排骨到大锅里去蒸，通常要选肥瘦参半的肉排，因为太瘦了用荷叶蒸过会涩口，肥则不忌。

用荷叶蒸排骨实在是大学问，也是大发明。由于火蒸之后，荷叶的香气穿进排骨，而排骨的油腻则被香气逼了出来，两者有了巧妙的结合，是锡箔排骨远远不及的。广东馆子用荷叶包糯米团，糯米中可有各种变化，咸的可以包肉，甜的可以包芝麻或豆沙，不管做什么，都非常鲜美，真是把荷叶用到出神入化的地步。

你有一种东西，

只能选择一种吃法，

不能又要喝汤又要吃肉。

使用荷叶也是大的学问，一家馆子的师傅告诉我，包荷叶只能取用质软的一部分，靠茎的部分则不能用。而且荷叶刚采时并不能用，易于断裂，须放置一日，叶已软而不失其青翠，如放置过久，荷叶一下锅蒸出来就乌黑了。

荷叶在中国菜里使用得并不广，记得台湾乡下有一种“荷叶粿”，是用荷叶包粿，有咸甜各味，一打开荷香四溢。我幼年时代有一位三姑妈擅做这种荷叶粿，但姑妈去世后，我已多年未尝此味，只是一想起，荷叶仍然扑鼻而香。

植物的叶子在中国菜中是配味，不论怎么配，确实可以改变味道，如同端午节使用的粽叶。在乡下，光是粽叶的价钱就有好多种，好的粽叶做出来的粽子就是不一样。嘉义以南，有许多人包粽子用大的竹叶，味道又不同了，它没有粽叶浓香，格外带一点清气，和荷叶粿有点相似。

台湾乡人节省，有的家庭把吃剩的粽叶洗净、晾干，第二年再来使用。这时包的虽是粽子，殊不知风味已经尽失了。这与台北一般大馆子做鸽松、小馆子做蒸饭常使用到竹筒类似，但那竹筒一用再用，早就毫无滋味。那么，用竹筒和用别的容器又有何不同呢？

台北苏杭馆子里，信义路有一家的包子做得有名，包子倒无特殊之处，只是蒸的时候笼子里铺了干草。这一出笼时就完全不同了，和荷叶排骨一样，它把包子的油蒸了出来，却又表现了包子的精华。唯一遗憾的是，那些干草并不是用一次就算，失去了发明时的原意。

中国菜讲究火功，到细微处，菜肴身边的配置十分重要，荷叶是其明显的一端。古时不用瓦斯，光是木炭都有讲究，喝茶时用松枝烹茶，松树之香气会穿壶入水，称之为“松枝茶”。我童年的时候，母亲常用蔗叶煮饭烧茶，做出来的饭、泡出来的茶都有甜气，始知小如叶片，也有大的用途。

荷叶的滋味甚好，使人想起中国菜实是中国文化的表现。荷叶固可以入诗入画，同时也能入菜，入菜非但不会使荷叶俗去，反而提高了一道菜的境界。只是想到荷叶难求，心中未免怏怏。

在乡下，使用荷叶原不是有特别的妙见，而是就地取材。记得我的姑妈当年包“荷叶粿”时，并非四时均有荷叶可用，有时也取芋叶或香蕉叶代之。那时每次使用别的叶子，姑妈总爱感叹：“这芋叶、香蕉叶蒸的粿，怎么吃总是比不上荷叶，少了那一点香气。”

如今想起来，只是习惯造成的感觉。芋叶有芋叶的好，蕉叶也有蕉叶之香。我倒是觉得，说不定连梧桐叶都可以做排骨呢！

新加坡、马来西亚、印尼、印度一带，人民就擅于使用树叶，路边小摊常有各种树叶包着的东西，卖的时候放在火上一烤即成。我在当地旅行时，爱在路边吃这些东西，发现不只是肉，连鱼虾都包在叶子里烤。这样烤的好处是水分保留在叶子里，不失去原味，而且不会把东西烤坏。

中国菜使用叶子，通常用的是蒸，适于大馆子。说不定还可以发展烤的空间，让升斗小民也能尝到荷叶的滋味！

张东官与麦当劳

近读《紫禁城秘谭》，里面写到清朝最好吃的皇帝是乾隆，而乾隆最爱吃的是江苏菜，万寿节及其他节日常开“苏宴”。当时御厨里的苏州厨役有张东官、赵玉贵、吴进朝诸人。乾隆常吃的菜有“燕窝黄焖鸭子炖面筋”“燕窝红白鸭子筋炖豆腐”“冬笋大炒鸡炖面筋”“燕窝秋梨鸭子热锅”“大杂烩”“葱椒羊肉”等等。

张东官出现以后，其他苏州厨子黯然失色。张东官可以说是清朝风头最健的人物。

当时乾隆皇到处巡狩，各地大臣为了讨好皇上，到处去访寻庖厨名手，张东官就是长芦盐政西宁出重金礼聘自苏州。乾隆三十六年二月，皇帝出巡山东，西宁进张东官进菜四品，其中有一品是“冬笋炒鸡”，很合皇帝口味，吃完以后，皇帝赏给张东官一两重的银锞两个。此后，皇帝每吃一次张东官的菜就赏银二两，一直到三月底回京。

乾隆四十三年，皇帝再次出巡盛京，传张东官随营做厨。七月二十二日，张东官做了一品“猪肉馅煎馄饨”，晚上又做“鸡丝肉丝油煸白菜一品”“燕窝肥鸡丝一品”“猪肉馅煎黏团一品”，极为称旨，吃完后，皇帝赏银二两。

不久之后，张东官时常做菜进旨，如“豆豉炒豆腐”“糖醋樱桃肉”，又做“苏造肉、苏造鸡、苏造肘子”。这段时间，皇帝时常赏赐，记载上赏过“熏貂帽檐一副”“小卷缎匹”“大卷五丝缎一匹”，可见皇帝对一个好厨子的礼遇。

乾隆四十六年二月，张东官正式入宫当御厨，官居七品，更得皇帝的宠爱。《紫禁城秘谭》写到张东官的最后一段是：

“乾隆四十八年正月初二日晚膳，张东官做‘燕窝脍五香鸭子热锅一品’‘燕窝肥鸡雏野鸡热锅一品’，尤称旨。屈指初承恩眷，至是匆匆十二年矣！”

张东官大概是清朝最后一位最有名的厨子，从皇帝对他的赏赐和别人对他的敬爱有加，可以知道一名好厨子是多么难求。好厨子就如同艺术家，原不必来自宫廷，民间也自有奇葩。我看了张东官十分传奇的历程，以及他做给乾隆吃的一些菜名，真觉得上好的烹调是一菜难求。

就说一道“豆豉炒豆腐”，“不知用何种配料，就膳档规之，帝殊嗜爱。”豆豉和豆腐都是民间之物，任何乡下村妇都能做这道菜，可是张东官的火候却可以惊动皇上，一定是厨之外还有艺。

“厨之外有艺”是中国菜的传统，不但要在味道上讲究，在颜色上讲究，甚至在名字上也都别出心裁，犹如新诗创作。看到好的名字、好的味道、好的颜色，忍不住会从人的喉头伸出一只手来。

说到厨子，有一回叙香园的老板请吃饭，把他们馆子里大部分的菜全端出来，一共二十四道，品品都是好菜，叫人吃了仰天长啸。我问杨先生：“你们馆子里有多少名菜呢？”

“大致就是你吃的这些了，一个饭店里只要有二十道菜就是不得了的，要知道一般小馆只要有一道招牌好菜也就不容易了。”

然后我们谈到厨子，杨先生觉得好的厨子是天才人物，不是训练可得，因为好厨子的徒弟虽不少，但成大厨的永远是少数中的少数，没有一点天生的根器是不成的。厨艺又和艺术相通，所以一般艺术家自己都能发明出几道好菜来。

我问到一个俗气的问题："那么一个好厨子目前的薪水是多少呢？"杨先生说那得要看他的号召力，像叙香园的大厨，一个月的薪水是三十万新台币，比起一家大公司的总经理毫不逊色。

我想到三十万台币是十几两黄金，那么现代大厨的待遇恐怕远超过乾隆皇的御厨张东官了。可是一个名厨足以决定一家饭店的成败，三十万也实在是合理的待遇。你看台北的馆子何止千百，能打出大师傅招牌的却没有几个。

看完《紫禁城秘谭》，我到台大附近去买书，发现台大侧门对面也开了一家麦当劳，门口大排长龙，心中真是无限感叹。中国这样优秀的饮食传统恐怕有一天要被机器完全取代了，将来如果我们要找名厨，真只有到典籍中去找了。

我们当然不必一定吃张东官的好菜，但是，能把豆豉炒豆腐做好的厨子，现在还剩几个呢？

吃客素描

我有一个朋友陈瑞献，是新加坡、马来西亚一带有名的艺术家，同时是有名的吃家。他以前在"南洋商报"上写吃的专栏，十分叫座，对吃东西之讲究罕有其匹。

瑞献和现居台湾法国文化中心主任戴文治是黄金拍档，两人时常一起到世界各国去大吃，事后互相研究讨论。在吃这一方面，配合得像他们这样好的也很少见。

说到他们两人的相识也是奇遇。戴文治曾是法国驻新加坡的大使，陈瑞献正好是新加坡法国大使馆的秘书，本是主属关系，由于两人都好吃并且酷爱艺术，竟成好友，交相莫逆，以兄弟相待。

这两个吃家好吃到什么程度呢？陈瑞献常说："人生有四件大事，除了吃以外，其他三件我已忘记。"他们是那种有了好吃的东西可以丢掉其他三件的人。瑞献每天除了吃好吃的东西，生活几乎是邋遢的，衣着方面。他虽在大使馆上班，却终年穿着短裤、拖鞋到办公室，由于他名气太大，久之大家也习以为常。在住的方面，他住所对面就是新加坡有名的绿灯户，是黑社会争夺的地盘，虽是两层洋楼，家中却堆满零乱的字画，要找个能坐的地方都感到困难。在行的方面，他开着大使馆所有的一部福特跑车，车龄已有六七年，他开到哪里停到哪里，由于挂着使馆牌，即使在管理严格的新加坡也享有特权。他那部车是新加坡少数有名的"大牌"之一，车子够老，牌子够硬。

瑞献书画、文章、金石都是绝活，除了这些，对他最重要的大概就是吃了。

有一年，瑞献因公来台北。我问是不是可以看看他的行程，他把纸拿出来，里面几乎没有行程，只写了三餐用餐的地点和吃些什么菜。

“这就是你的行程吗？”我说。

“是呀！有什么比吃更重要呢？”

他说出外游山玩水固好，但对他们这种经常在世界各处跑的人已没有什么意义，吃吃好东西才是最实在的。我看他的“行程表”（就是吃程表）中有一天中午空白，表示我要作东，那时我正想去法国，在办理赴法签证，大权在戴文治手中，便约戴文治一同前往。

当时在戴文治家中，瑞献指着戴文治对我说：“你请他吃饭可要当心，要是吃到什么难吃的菜，你的法国签证就泡汤了。假如吃到好菜，说不定给你一张法国护照。”

三人哈哈大笑，戴文治补充说明：“我的权力没有那么大，最长只能给你签六个月。”

“当然，如果不给你签，你这辈子别想去法国了。”瑞献爱开玩笑，“完全看你怎么安排了。”

兹事体大，当下三人摊开吃的地图（戴文治家中有一本专门记载台北馆子的书籍，有图表）研究，我从罗斯福路、和平东路、信义路、仁爱路、忠孝东路一路问下来，大部分有名的馆子他们都吃过了。这使我大吃一惊，因为台北爱吃的人虽多，吃得这么全的也算少见。

后来我卖了一个关子，说：“这样好了，明日午时就在法国文化中心集合，我带你们去吃，但先不说吃的地点和吃些什么。”两人相视一笑，点头答应。

第二天，我带他们到仁爱路的“吃客”去吃，果然他们没有吃过，大为惊奇，台北居然有他们没吃过的馆子。我叫了一些普通的菜，记得是咸猪脚、风鸡、醉虾、干丝牛肉、吃客鲳鱼、炒年糕、黄鱼羹、香菇鸭舌汤，每出来一道菜都叫他们舌头打结；事实并不是菜烧得多了不起，只是吃客猪脚、风鸡、醉虾对初尝的人确是异味，而黄鱼羹之鲜美，香菇鸭舌汤以五十只鸭舌做成，都是富有舌头震撼力的。

吃完后叫了一客豆沙锅饼，一客芝麻糊，吃得两位名吃客啧啧称奇。

结束之后，我问戴文治："味道如何？"

"六个月，六个月。"戴忙着说，意即我的法国签证，他可以给我签最长的时间。

"这样棒的一顿饭才值六个月吗？"瑞献打趣说，我们不禁拍案大笑。

这时我才透露了为什么选"吃客"，因为在戴文治的"秘笈"中并没有吃客的记载，胜算很大。我们四人（还有我的妻子小銮）谈到，选择馆子事实上没有叫菜重要，因为每一个馆子的师傅总有一两道"招牌好菜"，有时一家馆子就靠一道菜撑着，如果去吃馆子不知道叫菜，如同盲人骑马，只知有马，不知马瞎，真是太可怕了。

好菜的功能之大甚至影响到法国签证呢！可不慎哉！

后来我与妻子到新加坡，瑞献一来就为我们开了一张食单，每天让我们早、午餐自便，晚餐如果没有特别应酬，则听他安排；他找到的菜馆不论大小，菜都是第一流的，即使是路边小摊吃海鲜，他也都能找到又新鲜又好吃的地方——这真是食家本色。好的食家是不摆排场、不充阔佬的，一万块吃到好菜不是本事，一千块吃到好菜才是本事；能吃海鲜不是本事，要便宜吃到好海鲜才是本事；知道名菜名厨不是本事，连街边小摊都了然于胸才是本事。

有瑞献带路去吃，差一些把我的舌头忘在新加坡。

最遗憾的是，瑞献为我排了一餐俄国菜、一餐印度菜，由于那两天都有朋友应酬，因而分别在江浙馆和广东茶楼吃饭，至今引为憾事。瑞献表现在吃上的兴趣是令人吃惊的，他不但餐餐陪我们吃，毫无倦容，而且吃得比我们还有味。有一回吃潮州菜，我看他吃得趣味盎然，忍不住问他："你吃过这么多次，还觉好吃吗？"

他正色道："好的菜就是你吃几十次也不会腻的，就像一幅好的画挂在家中三五年，你何尝厌倦？"

他继续说："吃好菜的时候总要把心情回到最初，好像是第一次品尝，让味蕾含苞待放，这就像和情人接吻，如果真爱那情人，不管接多少次吻都有不同的滋味，真正的吃家对待食物要像对待情人。"

他告诉我，有一次他和戴文治在法国吃鸡肉，戴文治在一食三叹之后求见厨师，当那顶白高帽在厨房门口出现，戴文治自动站起来，先向厨师致敬，再与他交谈。他说："事后，戴文治对我说，他敬爱厨师，一如敬爱情人；对于那些失去做爱能力的人，佳肴是最好的补偿。"

瑞献常说："不惜工本以快朵颐是食家本色。"又说："让蠢人错把你当白痴者，是一流食家的逸乐。"又说："品味如品画，厨者所以是画人。”他为了吃，有时甚至是疯狂的。

举例来说，一九八一年大陆曾有“锦江华筵访问团”，锦江师傅坐专机到新加坡，包括锅铲、碗筷和重要材料全是专机空运。锦江师傅在玻璃内做菜。吃客可以在外面观察他们的做法、刀功等等，从切菜、炒煮到端盘出来一目了然。在新加坡来说，是难得的机会。

然而一桌菜叫价一万坡币（合二十万台币），瑞献兴起了吃的念头，他的妻子小菲极力反对，因为一万坡币不是小数目。后来瑞献想了个变通的办法，就是邀集十位朋友，一人出一千坡币（合两万台币），一起去吃锦江华筵，分摊起来负担就小了。

小菲仍不赞成，觉得花一千坡币吃一餐也不可思议，但瑞献对她说：“你让我去吃这一餐，你只是心痛一阵子，如果你不让我去吃这一餐，我会遗憾一辈子。”他们伉俪情深，小菲只好节省用度，让他好好地吃了一餐。事后他告诉我：“真是值回票价！”小菲则对我说：“幸好给他去吃，否则真会怨我一辈子，他吃了那顿饭，回来整整说了一个月。”

我和瑞献已有三年未见，但每次吃到好菜总不自觉想起他来，因为在这个世界上人莫不饮食，豪侈暴发之辈奇多，一掷万金者也所在多有，但鲜有能知味之人，知味是多么不易呀！

我们的通信开头总是：“最近在 ×× 路发现 ×× 馆子，拿手好菜是……味道……”结尾则是：“几时来这里，一起去大吃一顿吧！”

知味不易，人生得知味之知己，是多么难呀！

菊花羹与桂花露

有一天到淡水去访友，一进门，朋友说院子里的五棵昙花在昨夜同时开了，说我来得不巧，没有能欣赏昙花盛放的美景。

“昙花呢？”我说。

朋友从冰箱里端出来一盘食物说：“昙花在这里。”我大吃一惊，因为昙花已经不见了，盘子里结了一层霜。

“这是我新发现的吃昙花的方法，把昙花和洋菜一起放在锅里熬，一直熬到全部溶化了，加冰糖，然后冷却，冰冻以后尤其美味，这叫做昙花冻，可以治气喘的。”

我们相对坐下吃昙花冻，果然其味芳香无比，颇为朋友的巧思绝倒，昙花原来竟是可以这样吃的？

朋友说：“昙花还可以生吃，等它盛放之际摘下来，沾桂花露，可以清肝化火，是人间一绝。尤其昙花瓣香脆无比，没有凡品可以及得上。”

“什么是桂花露？”我确实吓一跳。

“桂花露是秋天桂花开的时候，把园内的桂花全摘下来，放在瓶子里，当桂花装了半瓶之后，就用砂糖装满铺在上面。到春天的时候，瓶子里的桂花全溶化在糖水里，比蜂蜜还要清冽香甘，美其名曰‘桂花露’。”

“你倒是厉害，怎么发明出这么多食花的法儿？”我问他。

“其实也没什么，在山里住得久了，这都是附近邻居互相传授，听说他们已经吃了几代，去年桂花开的时候我就自己尝试，没想到一做就成，你刚刚吃的昙花冻里就是沾了桂花露的。”

后来，我们聊天聊到中午，在朋友家吃饭，他在厨房忙了半天，端出来一大盘菜，他说：“这是菊花羹。”我探头一看，黄色的菊花瓣还像开在枝上一样新鲜，一瓣一瓣散在盘中，怪吓人的——他竟然把菊花和肉羹同煮了。

“一般肉羹都煮得太浊，我的菊花羹里以菊花代白菜，粉放得比较少，所以清澈可食，你尝尝看。”

我吃了一大碗菊花羹，好吃得舌头都要打结了，“你应该到台北市内开个铺子，叫做‘食花之店’，只要卖昙花冻、桂花露、菊花羹三样东西，春夏秋冬皆宜，包你赚大钱”。我说。

“我当然想过，可是哪来这么多花？菊花羹倒好办，昙花冻与桂花露就找不到材料了。何况台北市的花都是下了农药的，不比自家种，吃起来安心。”

然后我们谈到许多吃花的趣事，朋友有一套理论，他认为我们一般吃植物只吃它的根茎是不对的，因为花果才是植物的精华，果既然可以吃了，花也当然可食，只是一般人舍不得吃它。其实，万物皆平等，同出一源，植物的根茎也是美的，为什么我们不吃它呢？再说如果我们不吃花，第二天、第三天它也自然地萎谢了；落入泥土，和吃进腹中没有什么不同。

我第一次吃花是在小学六年级的时候，那时和母亲坐计程车，有人来兜售玉兰花，我母亲买了两串，一串她自己别在身上，一串别在我身上。我想，玉兰花这样香一定很好吃，就把花瓣撕下来，一片一片地嚼起来，味道真是不错哩！母亲后来问我：你的花呢？我说：吃掉了。母亲把我骂一顿，从此以后看到什么花都想吃，自然学会了许多吃花的法子，有的是人教的，有的自己发明，反正是举一反三。

"你吃过金针花没有？当然吃过，但是你吃的是煮汤的金针花，我吃过生的，细细地嚼能苦尽回甘，比煮了吃还好。"

朋友说了一套吃花的经过，我忍不住问："说不定有的花有毒哩？"

他笑起来，说："你知道花名以后查查字典，保证万无一失，有毒的字典里都会有。"

我频频点头，颇赞成他的看法，但是我想这一辈子我大概永远也不能放胆地吃花。突然想起一件旧事，有一次带一位从英国来的朋友上阳明山白云山庄喝兰花茶，侍者端来一壶茶，朋友好奇地掀开壶盖，发现壶中本来晒干的兰花经开水一泡，栩栩如生，英国朋友长叹一口气说："中国人真是无恶不作呀！"

对于"吃花"这样的事，在外国人眼中确是不可思议，因为他们认为花有花神，怎可那样吃进腹中。我当时民族自尊心爆炸，赶紧说：吃花总比吃生牛肉、生马肉来得文明一点吧！

可见每件事都可以从两面来看，吃花乍看之下是有些残忍，但是如果真有慧心，它何尝不是一件风雅的事呢？连中国人自认最能代表气节的竹子，不是都吃之无悔吗？同样是“四君子”的梅、兰、菊，吃起来又有什么罪过呢？

卖菜老妇

他家附近有一位卖菜的妇人，自他年幼到成年，那妇人总是早晨到他家附近来叫卖青菜。妇人留给他的印象深刻，因为她三十年来总是梳着闪亮的发髻，穿着一身黑衣：春夏她穿着黑色棉衫，秋冬穿着黑色短袄。

最难忘的是，她不管如何亲切微笑与人招呼，眉头总是深深地纠结。

他慢慢知道了妇人的故事：她在极为保守的乡下原来有一个情侣，那是日据时代的事了。她深爱的青年收到了太平洋战争里的紧急召集令，马上要出发；妇人不顾家人的反对，当天夜里就和青年办理了婚事。

第三天，她的丈夫在锣鼓与泪光中出征，从此再也没有回来过，甚至没有一点音讯，有人说那艘船才出海就被击沉了。

妇人就是不信，她坚信丈夫必然会在某夜回到故地。她卖菜求生是一种无尽期的等待，有人为她作媒，她说：“在我丈夫没有回来之前，我不穿有颜色的衣服，我不把长发放下。”媒人听了，什么话也说不出口。三十几年来，她真的就这样实践了她的诺言，一直到全村的人都与她一样盼着她丈夫的归来。

他最近回乡，听说卖菜老妇出家当了尼姑。而大家一直怀念着她的菜，想到她的时候，同时感受着她那坚忍而不肯稍稍退让的爱。

夏之秘密

他在海外住了十五年，第一次回台，就急着坐火车到中部的一个小镇去。

疾行的火车上，他想起埋藏在心里多年的往事。读大学的时候，他和她一起登山，为了延迟相处的时间，他们改变了登山的道路。

第三天，他们走到了山腰的一个村落，就在村落边搭营。在村民的指示下，他们找到了一处温泉，那温泉是从山壁间流出的，气势喷涌。温泉的下方则是一条清澈的河水，因为到温泉之地绕弯而塑造了一个小小的湖，湖水冰凉，和温泉的热形成强烈的对比。那热的泉与冷的湖都隐在峭壁的一个角落。

因为那绝美的构成，他们便不再登山了，在小村落边居住下来，每天裸着身子到湖里游泳，并享受温泉的热度，仿佛是一对赤子，一直到食粮全部用尽，才回到了尘嚣的学校。

毕业后，他们申请了不同的学校，天遥地隔，就那样离开了。但不管走到哪里，那一年夏天温泉的湖畔，总是记忆中永不褪色的一幕。

他终于沿着小山路找到过去的小村落，那个村落已经成为小镇了，问起温泉，年轻的孩子竟没有人知道，后来一个老人告诉他：“温泉？那是十几年前的事了，有一次山崩，温泉就不再涌出了。至于那条河嘛？早已经干枯了。”

他仍然不死心，回到温泉之地，果然找不到温泉了，河上的卵石正无助地曝晒在干燥的河床上。

那一年夏天，他的秘密，热的温泉，冷的湖水，他把这些轻轻地折叠起来，放在心灵的一角。他知道，对那一段往事，连天地都不能见证了。

开满凤凰的小巷

沿着西门路，他转进了记忆里一条美丽的小巷。

那条巷子，在他读中学的时候，每到夏天，就一家家的燃烧起一种极辉煌灿耀的红色，那是台南特有的吐着热烈生命之血的凤凰树。

凤凰树不能只用美来说它，因为美对它是次要的，更重要的是它带着一点怒放叛逆的血色。到盛暑之际，只要有风，花瓣就脱离青枝，狂飞了起来。

她的家就在那条植满凤凰的小巷，家院里则种着两棵巨大而古老的凤凰树，比整条巷子的任何凤凰树都要高大。他每次走进巷里，远远看见那两棵凤凰树，心中的某些情愫就被点燃了起来。

但他只能站在远处的巷口候她，因为她是古城里的世家少女，她的父母正为她规划着成为音乐家的美梦。有时他在巷口站了一天也等不到她，只能在远远的地方，听着从凤凰花的隙缝中传来一阵又一阵悠扬的钢琴声。他那时还是乡下来的少年孩子，觉得能在静静的一角听她手中弹出的琴声已是一种幸福了。

有时候，他就地捡拾了她家凤凰树落在墙外的红花，放在口袋里，也仿佛已经站在院里看过她了。

运气特别好的时候，会等到她。真见了面，也没有特别的话说，只是并肩从巷里走出来，走过一地凤凰花的魂魄，谈些不着边际的梦；有时默默牵着手，感动得说不出一句话。那时他们都太年轻了，不知道如何表示情意，只是像凤凰花，逢到夏天就用心地开放，美丽着，等待知心的人。

他离开台南的最后一天，仍然不能和她见面。他静静靠在墙上，让忧伤的红花，一朵朵地落在身上，直到她的琴声完全歇止，才走出那凤凰花已快完全凋零的八月。

他们那稚嫩的犹带乳香的情怀，就这样成为往日了。

好不容易找到她家门前，凤凰树已经被砍了，巷子的人也都搬了，只剩下一些清冷的阴影随阳光移动着。

这时，她弹过的乐曲琤琤琮琮从幽深的巷中涌动出来。

金急雨

金急雨是一种花的名字，花谢时像乱雨纷飞。他常站在她家巷口前的金急雨花下，看着落了一地的金黄色花瓣。有时风起，干落的花

瓣就四散飞去，但不改金黄的颜色，仿佛满天飞起的黄蛱蝶。

有四年的时间，他几乎天天在花下等她，然后一起走过长长的红砖道路。

他们分开的那一夜是在金急雨花的树下，他看她的背影沉默地消失在黑夜的巷子，心中一片茫然，如同电影放映时的断片，往事一幕幕的从黑巷里放映出来，他一滴泪也没有落，竟感觉那夜的天星比平常更明亮。

他捧起一把落地的金急雨，让它们从手指间静静地滑落，那时他真切地体会到，如果金急雨不落下，明年就没有新的芽，也不会开出新的花。萎落的花并非死亡，而是一种成长，一种等待，等待下一个季节。

相识的时候是花结成蕾，相爱的时候是繁花盛开，离别之际是花朵落在微风抖颤的黑夜。

体会到这种惊奇的成长，他竟落下泪来。

等待的月台

桃园火车站的候车室，时常坐着一位打扮齐整的中年妇人，手里抱着一个老式皮箱，游目张望，似乎在期待什么。

他首先注意到的不是那妇人，而是皮箱。那皮箱的外表已经完全剥落了，露出皮革粗糙的粒子，皮箱四周镶着红铜的边。他一眼就看出，那曾经是非常精致而且牢固的皮箱，但它的那个时代仿佛已经消逝了。

第一次见到妇人，是他高中的时候，每天夜里从桃园乘车到台北补习，深夜十一点回到桃园。妇人总是准时坐在候车室的木椅上，等待的姿势，不安的眼神，端整的打扮，好像等待着某一位约好的人。

起先，他没有特别留意她，可是时间一久，尤其是没有旅客的时候，妇人就格外显得孤寂。有一天，他终于下定决心，在候车室等待那妇人离去。一直到深夜落雨，一直到凌晨一点，妇人才站起来，走到候车室的黑板前，用粉笔写着："水，等你没等到，我先走了。英留。"那时他才知道，原来候车室长久以来的这则留言，是出自那个妇人。

英是她的名字，水呢？应该是一个男人了，是一个什么样的男人呢？是像水一样流走的吗？

后来，车站的老人告诉他，妇人已经在候车室坐了二十几年了，有人说她疯了，可是她从不说话，也不知真的疯了没有。有人说，曾看见她打开皮箱，箱子里装的是少女时代的衣服。大部分的人都说，在二十几年前的一个夜晚，英和她的水约好在车站会面，要私奔到某个不知名的地方，可是叫水的那个男人却缺席了。

但是，英与水的故事的真相却无人知晓，经过那样长的岁月，真实动人的质素也随一列列开过的火车逝去，成为人们窃窃的私语。到后来，甚至也没有人议论了。

他和叫英的妇人见过不少次面，才互相打着招呼。他感觉，英的微笑甚至是极老式的，二十年前的那种，还带着少女的矜持。他和英也只是如此，互相间并未说过一句话。他有时候并不立即回家，直到英在黑板上写："水，等你没等到，我先走了。英留。"才踩着轻轻的步子回家。在路上他就想，那水的男子是多么幸福，竟可以获得如此深切的爱，而他又是多么可恨呀！

英与水的故事，介入他年轻的世界，使他有时竟因痛心的苦楚而失眠了。

有一天，他回家的时候，不再看到英的影子，问了车站的许多人都不知道为什么，这风雨无阻的妇人那一天没有来。

第二天清晨，英残缺的身体被发现在铁道上，皮箱滚到很远的

旅客留言板上有她的字迹，

只改了几字：

“水，等你三十年，我先走了。英留。”

地方。

旅客留言板上有她的字迹，只改了几字："水，等你三十年，我先走了。英留。"

他靠在留言板的墙壁上，用力捶打自己的心口，因绝痛的心酸而落下泪来。很长很长的时间，他回家的时候总先坐在英坐过的位置上，感觉英的脉搏还在那里跳动。每次他走过车站，心口就像被刀子割过。

十几年后他父亲过世的时候，他才知道父亲的小名叫做"水"。

迷路的云

一群云朵自海面那头飞起，缓缓从他头上飘过。他凝神注视，看那些云飞往山的凹口。

他感觉着海上风的流向，判断那群云朵必会穿过凹口，飞向另一海面上夕阳悬挂的位置。

于是，像平常一样，他斜躺在维多利亚山的山腰，等待着云的流动；偶尔也侧过头，看努力升上山的铁轨缆车叽叽喳喳地朝山顶开去。每次如此坐看缆车，他总是感动着，这是一座多么美丽而有声息的山。沿着山势盖满色泽高雅的别墅，站在高处看，整个香港九龙海岸全入眼底，可以看到海浪翻滚而起的浪花。远远地，那浪花有点像记忆里河岸的蒲公英，随风四散，就找不到了踪迹。

记不得什么时候开始爱这样看云，下班以后，他常信步走到维多利亚山车站，买了票，孤单地坐在右侧窗口的最后一个位置，随车升高。缆车道上山势多变，不知道下一刻会有什么样的视野。有时视野平朗了，以为下一站可以看得更远，下一站却被一株大树挡住了；有

顺风的云像是一首写好的流浪歌曲，

而迷路的那朵就像滑得太高或落得太低的一个音符，

把整首稳定优美的旋律带进一种深深孤独的错误里。

时又遇到一座数十层高的大厦横挡视线。由于那样多变的趣味，他才觉得自己幽渺的存在，并且感到自身存在的那种腾空的快感。

他很少坐到山顶，因为不习惯山顶上那座名叫“太平阁”的大楼里吵闹的人声，通常在山腰就下了车，找一处僻静的所在。能抬眼望山，能放眼看海，还能看云看天空，看他居住了二十年的海岛和小星星一样罗列在港九周边的小岛。

好天气的日子，可以远望到海边豪华的私人游艇靠岸，在港九渡轮的噗噗声中，仿佛能听到游艇上的人声与笑语。在近处，有时候英国富豪在宽大翠绿的庭院里大宴宾客，红粉与鬓影有如一谷蝴蝶在花园中飞舞，黑发的中国仆人端着鸡尾酒，穿黑色西服打黑色蝴蝶领结，忙碌穿梭，找人送酒，在满谷有颜色的蝴蝶中，如黑夜的一只蛾，奔波地找着有灯的所在。

如果天阴，风吹得猛，他就抬头专注地看奔跑如海潮的云朵，一任思绪飞奔：云是夕阳与风的翅膀，云是闪着花蜜的白蛱蝶；云是秋天里白茶花的颜色，云是岁月里褪了颜色的衣袖；云是惆怅淡淡的影子，云是愈走愈遥远的橹声；云是……云有时候甚至是天空里写满的朵朵挽歌！

少年时候他就爱看云，那时候他家住在台湾新竹，冬天的风城，风速是很激烈的，云比别的地方来得飞快，仿佛赶着去赴远地的约会。放学的时候，他常捧着书坐在碧色的校园，看云看得痴了。那时他随父亲经过一长串的逃难岁月，惊魂甫定，连看云都会忧心起来，觉得年幼的自己是一朵平和的白云，由于强风的吹袭，竟与别的云推挤求生，匆匆忙忙地跑着路，却又不知为何要那样奔跑。

更小的时候，他的家乡在杭州，但杭州几乎没有给他留下什么印象，只记得离开的前一天，母亲忙着为父亲缝衣服的暗袋，以便装进一些金银细软。他坐在旁边，看母亲缝衣。本就沉默的母亲不知为何落了泪，他觉得无聊，就独自跑到院子里，呆呆看天空的云，记得那一日的云是黄黄的琥珀色，有些老，也有点冰凉。

是因为云的印象吧！他读完大学便急急想留学，他是家族留下的唯一男子，父亲本来不同意他的远行，后来也同意了。那时留学好像是青年的必经之路。

出发前夕，父亲在灯下对他说："你留学也好，可以顺便打听你母亲的消息。"然后父子俩红着眼互相对望，一句话也说不出口。

他看到父亲高大微偻的背影转出房门，自己支着双颊，感觉到泪珠滚烫迸出，流到下巴的时候却凉了，冷冷的，落在玻璃桌板上，四散流开。那一刻他才体会到父亲同意他留学的心情，原来还是惦记着留在杭州的母亲。父亲已不止一次忧伤地对他说，离乡时曾向母亲允诺："我把那边安顿了就来接你。"他仿佛可以看见青年的父亲从船舱中含泪注视着家乡在窗口里愈远愈小。. 他想，倚在窗口看浪的父亲，目光定是一朵一朵撞碎的浪花。那离开母亲的心情，应是自己留学前夕与他面对时相同的情绪吧！

初到美国那几年，他确实想尽办法打听母亲的消息，但印象并不明晰的故乡如同迷濛的大海，完全得不到一点回音。他的学校在美国北部，每年冬季冰雪封冻，由于等待母亲的音讯，他觉得天气格外冷冽。他拿到学位的那年夏天，在毕业典礼上看到各地赶来的同学家长，突然想起在新竹的父亲和在杭州的母亲，在晴碧的天空下，同学为他拍照时，险险冷得落下泪来，不知道为什么就断绝了与母亲重逢的念头。

也就在那一年，父亲遽然去世，他千里奔丧，竟未能见到父亲的最后一面，只从父亲的遗物里找到一帧母亲年轻时代的相片。那时的母亲长相秀美，挽梳着乌云光泽的发髻，穿一袭几乎及地的旗袍，有一种旧中国的美。他原想把那帧照片放进父亲的坟里，最后还是将它收进自己的行囊，作为对母亲的一种纪念。

他寻找母亲的念头因那帧相片又复活了。

美国经济不景气的那几年，他像一朵流浪的云，一再被风追赶着转换工作，并且经过了一次失败而苍凉的婚姻，母亲的黑白旧照便成为他生命里唯一的慰藉。他的美国妻子离开他时说："你从小没有母亲，根本不知道怎么和女人相处。你们这一代的中国人一直过着荒谬的生活，根本不知道怎样去过一个人最基本的生活。"这话常随着母亲的照片在黑夜的孤单里鞭笞着他。

他决定来香港，实在是一个偶然的选择，公司在香港正好有空缺，加上他对寻找母亲还有着梦一样的向往，最重要的原因是：如果他也算是有故乡的人，在香港，两个故乡离他都很近了。

后来，透过朋友寻找，联络到他老家的亲戚，才知道母亲早在五年前就去世了。朋友带出来的母亲遗物里，有一帧他从未见过的、父亲青年时代着黑色西装的照片。考究的西装、自信的笑容，与他后来记忆中的父亲有着相当遥远的距离。那帧父亲的照影和他像一个人的两个影子，是那般相似。父亲曾经有过那样飞扬的姿容，是他从未料到的。

他看着父亲青年时代有神采的照片，有如隔着迷濛的毛玻璃，看着自己被翻版的脸。他不仅影印了父亲的形貌，也继承了父亲一生在岁月之舟里流浪的悲哀。那种悲哀，拍照时犹是青年的父亲是料不到的，也是他在中年以前没能感受到的。

他决定到母亲的坟前祭拜。

火车愈近杭州，他愈是有一种逃开的冲动，因为他不知道在母亲的坟前，自己是不是承受得住。看着窗外飞去的景物，是那样陌生，灰色的人群也是影子一样，看不真切。下了杭州车站，月台上因随地吐痰而凝结成的斑痕使他几乎找不到落脚的地方。这就是日夜梦着的自己的故乡吗？他靠在月台的柱子上冷得发抖，而那时正是杭州燠热的夏天正午。

他终于没有找到母亲的坟墓，因为当时大多数人都是草草落葬，连个墓碑都没有。他只有跪在最有可能埋葬母亲的坟地附近，再也按捺不住，仰天哭号起来，深深感觉到作为人的无所归依的寂寞与凄凉，想到妻子丢下他时说的话——这一代的中国人，不但没有机会过一个人最基本的生活，甚至连墓碑上的一个名字都找不到。

他没有立即离开故乡，甚至还依照旅游指南去了西湖，去了岳王庙，去了灵隐寺、六和塔和雁荡山。那些在他记忆里不曾存在的地方，他却肯定在他年少的时候，父母亲曾牵手带他走过。

印象最深的是他到飞来峰看石刻，有一尊肥胖的、笑得十分开心的弥勒佛，是刻于后周广顺年间的，佛像斜躺在巨大的石壁里，挺着肚皮笑了一千多年。那里有一副对联：“泉自冷时冷起，峰从飞处飞来。”传说“飞来峰”原是天竺灵鹫山的小岭，不知何时从印度飞来杭州。他面对笑着的弥勒佛，痛苦地想起了父母亲的后半生。一座山峰都可以飞来飞去，人间的漂泊就格外渺小起来。在那尊佛像前，他独自坐了一个下午，直到看不见天上的白云，斜阳在峰背隐去，才起身下山，在山阶间重重地跌了一跤。那一跤的后遗症这些年都在他的腰间隐隐作痛，每想到一家人的离散沉埋，腰痛就从那跌落的一处迅速布满他的全身。

香港平和的生活并没有使他的伤痕在时间里平息。他有时含泪听九龙开往广州最后一班火车的声音，有时鼻酸地想起他成长的新竹。两个故乡，使他知道香港是个无根之地，和他的身世一样找不到落脚的地方。他每天在地下铁里看着拥挤着拥向出口奔走的行人，好像自己就埋在五百万的人潮中，流着流着流着，不知道要流往何处——那感觉还是看云，天空是潭，云是无向的舟，应风而动，有的朝左流动，有的向右奔跑，有的则在原来的地方画着圆弧。

即使坐在港九渡轮，他也习惯站在船头，吹着海面上的冷风，因为在那平稳的渡轮上如果不保持清醒，将成为一座不能确定的浮舟。明明港九是这么近，但父亲携他离乡时不也是坐着轮船的吗？港九的人已习惯了从这个渡口到那个渡口。但他经过乱离，总隐隐有一种恐惧，怕那渡轮突然在一个不知名的地方靠岸。

“香港仔”也是他爱去的地方，在那里疲惫生活着的人使他感到无比地真实，一长列重叠靠岸的白帆船，总不知要航往何处。有一回，他坐着海洋公园的空中缆车，俯望海面远处的白帆船。白帆张扬如翅，竟使他有一种悲哀的幻觉，港九正像一艘靠在岸上可以乘坐五百万人的帆船，随时要启航，而航向未定。

海洋公园里有几只表演的海豚是从台湾澎湖来的，每次他坐在高高的看台上欣赏海豚表演，就回到他年轻时代在澎湖服役的情形。他驻防的海边时常有大量海豚游过，一直是渔民的财富来源。他第一次从营房休假外出到海边散步，就遇到海岸上一长列横躺的海豚，那时潮水刚退，海豚尚未死亡，背后脖颈上的气孔一张一闭，吞吐着生命最后的泡沫。他感到海豚无比美丽，它们有着光滑晶莹的皮肤，背部是蔚蓝色，像无风时的海洋；腹部几近纯白，如同海上溅起的浪花；有的怀了孕的海豚，腹部是晚霞一般含着粉红的琥珀色。

渔民告诉他，海豚是胆小聪明善良的动物。渔民用锣鼓在海上围打，追赶它们进入预置好的海湾，等到潮水退出海湾，它们便曝晒在海滩上，等待死亡。运气好的海豚，被海外海洋公园挑选去训练表演；大部分的海豚则在海边喘气，然后被宰割，贱价卖去市场。

他听完渔民的话，看着海边一百多条美丽的海豚，默默做着生命最后的呼吸，忍不住蹲在海滩上将脸埋进双手，感觉到自己的泪濡湿了绿色的军服，也落到海豚等待死亡的岸上。不只为海豚而哭，而是想到他正是海豚晚霞一般的腹中的生命，一生出来就已经注定了开始的命运。

这些年来，父母相继过世，妻子离他远去，他不止一次想到死亡，最后救他的不是别的，正是他当军官时蹲在海边看海豚的那一幕，让他觉得活着虽然艰难，但到底是可珍惜的。他逐渐体会到母亲目送他们离乡前夕的心情，在中国人的心灵深处，别离地活着甚至胜过团聚地等待死亡的噩运。那些聪明、有思想的海豚何尝不是这样希望自己的后代回到广阔的海洋呢？

他坐在海洋公园的看台上，每回都想起在海岸喘气的海豚，几乎看不见表演，几次都是在海豚高高跃起时被众人的掌声惊醒，身上全是冷汗。看台上笑着的香港人所看的是那些海外公园挑剩的海豚，那些被空运走了的则在小小的海水表演池里接受着求生的训练，逐渐忘记那些在海岸喘息的同类，也逐渐失去它们曾经拥有的广大的海洋。

澎湖的云是他见过最美的云，在高高的晴空上，云不像别的地方松散飘浮，每一朵都紧紧凝结，如一个握紧的拳头，而且它们几近纯白，没有一丝杂质。

香港的云也是美的，但美在松散零乱，没有一个重心，它们像海洋公园的海豚，因长期豢养而肥胖了。也许是海风的关系，香港的云朵飞行的方向也不确定，常常右边的云横着来，而左边的云却直着走了。

毕竟他还是躺在维多利亚山看云，刚才他所注视的那一群云朵，正在通过山的坳处，一朵一朵有秩序地飞进去。不知道为什么跟在最后的一朵竟离开云群有些远了，等到所有的云都通过山坳，那一朵却完全偏开了航向，往岔路，绕着山头。也许是黄昏海面起风的关系吧！那云愈离愈远，向不知名的所在奔去。

这是他看云极少有的现象，那最后的一朵云为何独独不肯顺着前云飞行的方向？它是在抗争什么吧！或者它根本仅仅是一朵迷路的云！顺风的云像是一首写好的流浪歌曲，而迷路的那朵就像滑得太高或落得太低的一个音符，把整首稳定优美的旋律带进一种深深孤独的错误里。

夜色逐渐涌起，如茧一般包围着那朵云，慢慢地，慢慢地，将云的白吞噬了，直到完全看不见了。他忧郁地觉得自己正是那朵云，因为迷路，连最后的抗争都被淹没。

坐铁轨缆车下山时，港九遥远辉煌的灯火已经亮起，向他招手。由于车速，冷风从窗外掼着他的脸。他一抬头，看见一轮苍白的月亮，剪贴在墨黑的天空，在风里是那样不真实。回过头，在最后一排靠右的车窗玻璃上，他看见自己冰凉的、流泪的侧影。

生于世间，不着世间

下篇

像风一样自由

因为我们总是被名相所困，在生活里有所执着，

做什么总有所为，有个目的地。

要知道，春意乃不在芳草与落花之间，

春意在心，在不可执着之处。

生于世间，不着世间

人与非人等，悉由烦恼生；

如是烦恼漏，一切我已舍，已破已磨灭。

如芬陀利华，虽生于水中，而未曾着水。

我虽生世间，不为世间着。

——《杂阿含经·佛告婆罗门》

有一位外道婆罗门来请问佛陀："所谓佛者，云何为佛？"

佛陀就说了这首偈来回答他，意思是说一切的人与非人都是因烦恼而生，并且还沉沦在烦恼里，佛则是已经破除舍弃烦恼了，就好像最美丽的白莲花（芬陀利华），虽是从水中而生，并不执着于水；如来也是一样，虽然出生于世间，却不执着于世间，离开了一切尘垢而不倾动，究竟了生死的大道，这就是佛。

佛陀既然能远离一切尘垢而不倾动，为什么佛还和我们一样，有生、老、病、死呢?

虽然出生于世间，却不执着于世间，

离开了一切尘垢而不倾动，

究竟了生死的大道，这就是佛。

在《金光明最胜王经》里，佛陀告诉我们："一切如来，有三种身。云何为三？一者化身，二者应身，三者法身，如是三身具足，摄受阿耨多罗三藐三菩提。"说明了佛与凡夫的不同，凡夫只知有应身（一说报身），虽说也有佛性（法身），自己却不能了知。

佛与大菩萨因为三身具足，所以得大自在，可以游行十方三世，随时随处化现，这是化身；又由于去除了一切烦恼执着，能同时遍满十方三世，世界全在包容之中，这是法身。

至于如来的应身，则和我们看起来没有什么不同，他在肚子空的时候也要吃饭，下雪了也要穿衣服，走路的时候也会流汗，当然也会生病、老化、死亡。可是如来是一种愿力的示现，是"为诸菩萨得通达故，说于真谛。为令解了生死涅槃，是一味故。为除身见众生怖畏，欢喜故。为无边佛法，而作本故"——如来的应身是为了来向菩萨说明怎么样通达于真理；是为了教化众生涅槃与生死并没有差别；是为了除去执着于身体的众生心里的恐怖害怕而得到欢喜；也为了佛法无边作根本。

因为证见了法身化身的实相，佛菩萨可以不畏生死、不厌生死；因为有应身的示现，使我们知道法身化身可得，也知道修行乃是最美丽非凡的实践。

有一则禅宗公案可以说明法、应、化三身的观念，有一位僧人问睦州禅师："我们每天要穿衣吃饭，如何能免除这些呢？"

禅师说："穿衣吃饭。"

僧说："我不了解你的意思。"

禅师说："如果你不了解，你就穿衣吃饭吧！"

禅师的意思是，我们一旦有了这个身体，就要在有限中寻求解脱，在穿衣吃饭中寻求自由之道，因为有限，所以涅槃要在生死中求，菩提要在烦恼中得，并不是生死之外另有涅槃，烦恼之外另有菩提，而是迷时为生死烦恼，悟时为涅槃菩提，现实世界与理想世界根本是同一个世界。

我们既投生在这个世界，则不论觉悟的菩萨或无知的众生都不能离开自然的法则，不能生活于时间和空间之外，菩萨只是经过艰巨的奋斗，了然这个自然法则及知道时空的实相，使他有一种大无畏的性格。

佛菩萨以应身的有限来让我们看到法身与化身的无限，是"虽生于水中，而未曾着水"；同时也用世间的修行，告诉我们，光明与黑暗是同一个东西，有限即是无限，是"我虽生世间，不为世间着"。

因此，我觉得，佛菩萨每一次在这世间的诞生，都值得我们感恩。

从餐桌做起

我吃全素到现在已经有四年多的时间了，刚吃素的时候，许多亲戚朋友都为我担心，因为在一般人的观念里，总认为素食的营养不够，而且在现代社会人人以鱼肉是尚，吃素是非常不方便的。另外，老一辈的中国人非常相信热补，总觉得素食里的豆类、青菜、萝卜都是“性冷”，吃了不能补身，也就是说，认为素食不补，要虎鞭、蛇血、炖鸡、醉蟹这些东西才补。

在立下吃素的愿望时，我就不在乎营养是不是够、吃饭是不是方便、素食是不是补的问题，因为我的素食动机与这些毫无关系，我是由于佛教的信仰才素食的。

佛教为什么主张素食呢？主要是为了“慈悲”，是为了“不忍食众生肉”。其次，是为了深信因果，依佛所教，一刀一命所造成的恶因，在受报时是绝对不会落空的，佛经里说“菩萨畏因、众生畏果”，是说菩萨不造恶因，是知道果的可怕，而众生迷迷糊糊地过日子，造下许多恶因，他们只害怕苦果，却很少想到苦果的原因。最后，是为了“清净”，我深信素食者较容易身心清净，身心清净是修行的一个很重要的基本。我的素食也是由这三个观点出发。

关于慈悲，是佛最重要的教化，没有慈悲心的人根本不配称为佛的弟子。慈悲心当然可以从生活的各处显现出来，但是最直接最简单的表达没有比吃素更好的了，想一想，我们走路时不小心踩到一只钉子都会痛得死去活来，我们桌上的众生之肉，要经过被宰杀、剥皮、肢解、烹煮的痛苦，怎么能忍心下筷子呢？当我们不忍心下筷子时，就是慈悲心油然的流露。

我说众生的肉被端上餐桌要历经许多痛苦，绝非虚言，就以现代人最爱吃的活煮虾蟹来说，在热锅中活烧而死的虾蟹，就有如经历了地狱里的沸汤大狱，它们在里面痛苦地爬行跳跃不能解脱，最后含恨而亡，全身尽赤，这是多么痛苦的煎熬！

蟹虾还不是最痛苦的，以市场上的青蛙为例，一只青蛙从被杀一直到吞进人的腹中，经历有如受八种地狱之苦：一、断头地狱。二、剥皮地狱。三、落足地狱（去掉四只脚爪）。四、剖腹地狱（挖空内脏）。五、沸油地狱（或炒或煮）。六、碱糟地狱（调和五味）。七、磕石地狱（牙齿咬啮）。八、粪尿地狱（流入肠胃直到排出）。若能把自己观想成一只蛙，稍有心肠的人就会吃不下去。

人间集体的痛苦里，最甚的莫过于刀兵的劫难，我们看南京大屠杀或纳粹杀犹太人的影片资料，很少人能不动容落泪、义愤填膺。可是刀兵劫在人间可能数年、数十年才有一次，而在畜牲道里则是无日无之，对于吃荤的人，每次办一桌酒席，屠杀的众生何止千百，这不是一次刀兵的劫难吗？

为了众生不因我们的口腹之欲而受难，实是最起码的慈悲心，以慈心故，所以不杀；以悲心故，所以不食。

有两个有关慈悲的故事，我读过后非常感动，永不能忘。一个记载在《护生录》里：

> 学士周豫，煮鳝鱼里，看见有一条鳝鱼的身体弓起，以头尾就沸汤中，腹部则弯立于汤外，至死都不倒下。周豫觉得非常奇怪，把那条鳝鱼捞起来剖开，发现腹中原来有鱼卵无数，为了护子而弯身避开汤水，他看了恻然泪下，感慨不已，发誓永不食鳝。

这个故事告诉我们，众生不是无情无识，也不是无知无感的。

另一则记载在《起世闲本经》里：

> 忉利天的天王与阿修罗作战，双方打得难分难解、不分胜负。天王领兵而返时，看见路旁大树有金翅鸟巢，心想："若带兵过此，巢中鸟蛋必被车马震落。"遂令千辆战车折返原路。阿修罗看见帝释回转，心中惊怖，大溃而逃。

经典上的结论是"以慈力故，帝释得胜"。这个故事告诉我们，慈悲看起来好像没有什么，其实有极大的力量，佛经上常用"慈悲

为了众生不因我们的口腹之欲而受难，

实是最起码的慈悲心，

以慈心故，所以不杀；

以悲心故，所以不食。

力”，可见慈悲的力量很大。佛教徒要发挥慈悲的力量，就要学帝释一样，宁可千辆战车换路而行，不忍心震落一窝鸟蛋。

《楞严经》里说：“食众生肉，断大悲种。”积极地说，不吃众生的肉，就是在培养大悲心的种子，一个人不吃荤食，慈悲心自然地会长养出来，为了“不断大悲种”、为了“长养慈悲心”，我选择素食，而且这是最重要的理由。

其次，关于因果。佛教的因果说法固然千变万化，但是它的基本观念很简单，就是“善有善报、恶有恶报；不是不报、时候未到”。若从这个观念出发，我们吃众生的一块肉，将来必有一块肉之报；我们杀众生一条命，将来必有一条命之报。若从长远处看来，吃众生肉是一件多么可怕的事，众生临死之前没有欢喜的，不足恐惧，就是愤怒；不足含怨，就是怀恨，这些要报在谁的身上呢？

因果难以考证，想起来也蛮遥远。就以今生来说，食肉也要受恶果，医学界已发现像血管粥状硬化、心脏病、高血压、脑充血、中风、胆结石、肝硬化、癌症都与动物油脂及胆固醇有密切关系。所以，吃荤的因果历历在目，既然同样都可以过日子，又对健康有益，还不必担心将来的因果问题，为什么不吃素呢？这是我决定素食的第二个理由。

我吃素的第三个理由是想要使“身心清净”，这一点似乎有些费解。美国有一位素食医生说得最好：“在吃饭时，不必担心你所吃的动物是死于何种疾病真是一件好事。”这指出通常动物不是百分之百健康的，临死前还会分化毒素，我们吃了动物的肉，无疑也吃下这些疾病与毒素。

根据《大英百科全书》记载，身体中的毒素，包括尿酸与其他有毒的排泄物，会出现在血液与身体组织内，因此提出了中肯的见解："若是与牛肉中所含的百分之六十五不净的水分相比较，从坚果、豆类及谷类中所得到的蛋白质，显然要纯净多了。"素食确实比肉类清洁，也比肉类容易保持新鲜，在素食中与肉类相同的营养成分里，每一样都比肉类干净、纯粹。我们知道，肉类是很容易败坏的，鱼虾类半小时就开始有异味，而肉品则在一小时就开始腐化了，素食则无此弊，一般菜蔬放个三五天绝无问题，豆类虽容易酸坏，却极易辨别。

现代的素食纵使有农药之弊，但比起肉食是干净得多，一个人常吃清静的食物，身心较能处在清静的状态，这是理所当然、事所必致，不可怀疑的。

还有一个素食者常被问起的问题，就是为什么葱、韭菜、洋葱、大蒜不能吃呢？这也与清净有关，《楞严经》讲："诸众生求三摩提，当断世间五种辛食。此五种辛，熟食发淫，生啖增恚。"又说："如是世间食辛之人，纵能宣说十二部经，十方天仙嫌其臭秽，咸皆远离。"意思是说，五辛会使人起淫念、脾气暴躁、身体臭秽，这些都是不清净的，一个人身心不能清净，修清静法怎么可能成功呢？这就是为什么《大乘入楞伽经》要这样说的道理："夫血肉者，众仙所弃，群圣不食……夫食肉者，诸天远离，口气常臭……肉非美好，肉不清净，生诸罪恶，败诸功德，诸仙圣人之所弃舍！"

这些年来，我很少把心思放在吃东西上面，吃素的心得其实很少，不过，这三个理由已经使我觉得理直气壮，至于吃素是不是更有营养、是不是有什么功德、是不是增进世界和平，真的是“犹其余事”耳！

我所坚信的是，一个人要学佛、要进入佛的慈悲要智慧，必须先从餐桌做起。英国有一位提倡素食的华尔绪博士，曾说过一句名言：“要想避免人类流血，便须从餐桌上做起。”放眼今日，食则一席千命，衣则貂皮蚕丝，履则鳄皮牛革，淫则倚翠偎红，这样的地方要在餐桌上悟得慈悲、因果、清净的智慧，似乎蛮艰难的，此地长久的平安富足想起来就令人忧心了。

爱恨情仇就是要修行的功课

菩萨也是利用感官来修行，所以人间的爱恨情仇不是没有意义的。如果有人认为人间的爱恨情仇是没有意义的，这个人就是没有在爱恨情仇背后看到更有意义的东西，这样的修行不是大乘的修行，也不是人间的修行。

小乘的经典告诉我们，应该断除一切的爱欲，才可能得到解脱，才可以悟得自性。大乘的修行却不是这样。关于大乘、小乘的差异，我讲两个容易理解的例子：

第一个例子是种树。有一个人要种一棵树，他把树种下以后，就很努力地使这棵树长大。另有一个人，他种树的时候，心里先有了一个蓝图："我要这棵树是圆锥形的。"于是一等这棵树长出来，他就开始修剪，把树修剪成圆锥形，这个人是绝对不会把树种好的。而第一个人是先把这棵树种好，再去修剪，这就是大乘的方法。第二个人修行的方法就是小乘的方法。

在人间修行，最重要的就是把你的树种大。把你的树种大是怎样的情形？使你有广大的慈悲心，使你有广大的智慧：然后再用你的慈悲与智慧，回过头来看你的爱与恨，这时候你就可以看得非常清楚。

第二个例子是种花。小乘行者种花是种一朵，当这朵花旁边长出一根草，立刻把草拔除，只要照顾好这一朵花就可以了。大乘行者却要种很多很多的花，因为有很多人需要他的花，他要不断地送花给别人。要照顾这么多的花，要使所有的花都长大，所以有时候难免无法顾及长在花间的草，等到花都长大了，再来解决这些草。对一个大的花园来说，几根草根本不算什么；可是对一朵花来说，多了一根草都是很严重的。

有了这种理解，就打开了一个很好的观点，来看人间的欲望问题。我一直相信人间的事物都在人的修行范围里面，我们在人间所遇到的每一个对象都是慈悲的对象，慈悲并不只是去买条鱼或买只鸟来放生，你在街上看到一个不快乐的人，他也是你慈悲的对象。所有的因缘，都是可以开启你智慧的因缘，而每一个空间或每一个时间都可以修习禅定。

对于一个学佛的人来说，每一天的生活都是修行的功课。

很多佛教徒每天都有严格的早晚课，早上一起床就是“叩叩锵”，晚上又是“叩叩锵”，在佛堂里是非常虔诚清净的，可是走出了佛堂却是另外一个人。这样的修行是不彻底的。在佛堂里面，佛堂外面，在任何地方，应该都是一致的。

对于所爱的人，我们希望自己和对方有更幸福的生活，万一我们的爱失败了，彼此都可以从失败中得到教训，开启智慧，走向智慧的道路。这就是我们修行的功课——在爱里面觉悟；对于所恨的人给予宽容，甚至对他微笑。

在急躁的人群里，可以容忍。

在凶暴的人群里，可以温和。

在贪心的人群里，可以慷慨。

在悲惨的人群里，可以慈悲。

在充满仇恨的人生里，可以不怀丝毫恨意的生活。

这些统统都是修行的功课。

因此，爱恨情仇就是我们修行的功课。

彩虹汗珠

刚做完运动，坐在阳台乘凉，这时才发现刚刚的大雨已经过了，天边的阳光重新展颜，而在山与山之间挂着一弯又长又大的彩虹，明亮、鲜艳、温暖，多么美的彩虹呀！如果天天能看见这么美的天空不知道多幸福，我那样想着。

我的汗还在流着，手臂上冒出一粒粒豆大的汗珠，阳光和煦地抚触着，这时我看见自己手臂上的汗珠，每一粒都是七彩的，宛若蕴藏着一道彩虹，和天边的彩虹一样明亮、鲜艳，而温暖。

我知道了，手臂上每一粒汗珠里的彩虹与天空那宏伟的彩虹在本质上是没有差别的，这使我知道每一微尘中见一切法界是可以理解的。微尘与法界的关系虽比汗珠与彩虹要甚深微妙，但理体则一，正如《须真天子经》中说的："譬如天下，万川四流，各自有名，尽归于海，合为一味。所以者何？无有异故也。如是天子，不晓了法界者，便呼有异；晓了法界者，便见而无异也。"

看着手臂上的汗珠一粒粒冒出，粒粒晶莹剔透，悉数化为明艳的彩虹，这时就更觉得《华严经》的偈是多么真实，多么辽阔而伟大：

一一毛孔中刹海，等一切刹极微数。
佛悉于中坐道场，菩萨众会共围绕。
一一毛孔所有刹，佛悉于中坐道场。
安处最胜莲花座，普现神通周法界。
一毛端处所有佛，一切刹土极微数。
悉于菩萨众会中，皆为宣扬普贤行。
如来安坐于一刹，一切刹中无不现。
一方无尽菩萨云，普共同来集其所。

轻轻地读诵这首偈，从优美的玄想中抬起头来，天边的彩虹已经消逝，手上汗珠的彩虹仍在闪烁。佛菩萨给我们偶然的示现正如天边的彩虹，要很多因缘凑巧才能得见。对一位修行者而言，最重要的不是日日期待天上的彩虹，而是时时看见手上的彩虹与心里的彩虹。

不知最亲切

有时候出去旅行，一两个月的时间没有看电视、没有听广播，也没有读报纸，几乎对天下大事一无所知，只是心境纯明地过单纯的生活。很奇怪的是，这样的生活不但不觉得有所欠缺，反而觉得像洗过一个干净的澡，观照到自我心灵的丰富。

住在乡间的时候也是如此，除了随身的几本书，与一般俗世的资讯都切断了线，每天只是吃饭、睡觉、散步、沉思，也不觉得有所缺乏。偶尔到台北一趟，听到朋友说起尘寰近事，总是听得目瞪口呆，简直难以相信：原来这个世界还有那么多纷扰的人事。

想起从前在新闻界服务的时候，腰带上系着无线电呼叫器，不管是任何时地，它总会恣情纵意地呼叫，有时是在沐浴，有时是在睡眠，还有的时候是与朋友在喝下午茶，呼叫器就响了。那意味着在某地又发生了事故，有某些人受到伤害或死亡，有的是千里外的国度发生暴乱，有的是几条街外有了凶案，每次当我开车赶赴现场的时候，就会在心里嘀咕："这些人、这些事，究竟与我有什么相干呢？"

由于工作的关系，我差不多整天都随着世界旋转，每天要看七八份报纸，每月要看十几份杂志，每晚要看电视新闻，即使开车的时候，也总是把频率调到新闻的播报，深怕错过任何一条新闻，唯恐天下有一件我不知道的事。然后在生活里深深地受到影响，脑子里想的是新闻，与人聊天也总爱引用新闻题材，甚至夜里做的梦也与新闻有关系。

好像除了随这世界转动，我自己就没有什么好说、好想、好反省的东西了。

现在想起来，过去追随世界转动的生活真像一场噩梦，仿佛旋转的陀螺，因为转得快速，竟看不出那陀螺的颜色与形状。

用单纯之心来面对生命

这个世界有多少暴乱，呈现在资讯上的暴乱就有多少，我们每天渴求着资讯，把许多生命投注在暴乱而泛滥的讯息，就好像自己的意识亲历这样的暴乱与染着，由于投在旋转的浊流，自我也就清明不起来了。

自从离开新闻工作以后，我就试着让自己从那许多旋转着，甚至被制造出来的事件里解脱出来，尤其是报纸改成六张以后，我更试着不订阅报纸了，把从前每天早晨花在新闻上面的一两个小时节省下来，用来静思观照自己的内在。电视新闻也尽量节制，一天只看一次，夜里宁可读一些长远而有益身心的书籍。收音机的新闻也不听了，听一些轻松的音乐，以便可以专心地思考。杂志呢，则放弃那些追逐新闻内幕的周刊，只读少数经过严格制作的月刊。

经过比较长期的试验，发现自己竟然在生活中多出了许多时间，并且有机会做更多关于生命智慧的深思了。有很多时候，甚至忘记了世界上有新闻这一回事，然后，在言谈的时候、思想的时候，由于断离了新闻那浮泛的知见，得到一种感性的平安，感觉到自己在说的话是由心田中自然的流露，而不再是某某事如何，某某人怎么样的是非论断了。

这种能用单纯之心来面对生命的态度，常使我有一种从未有过的欣悦之情。

当然，这并不表示我是反资讯的，对于许多把青春投注在资讯的采集传播的朋友，我依然心存敬佩，只是我感觉到现代人把太多宝贵的时光用在那多如牛毛的讯息上，确实是生命的浪费。在每天贯耳盈目的资讯里，大部分都是“坏铜旧锡”，对一个人的生命或人格的成长是毫无益处的，有时候还不如乡间遥远的鸡犬的叫声。

生活在现代世界是无可奈何的事，我们不能把耳朵塞起来，眼睛蒙住，所以对世界也不能完全无知无感，那么，每天花在资讯上的时间千万不要超过一个小时，因为“一寸时光，就是一寸命光”。

以报纸为例，宁可选择张数少的报纸，每天大略地翻阅也就够了，若要细细阅读，百寸命光也不够用。这样想时，我就觉得田园作家大卫·梭罗说的“你应该选择对你有益的读物，因为你没有时间阅读其他的”是真知灼见，值得细细思量。

如果我们花很多时间注视外面世界的转动，哪里有时间回观内在

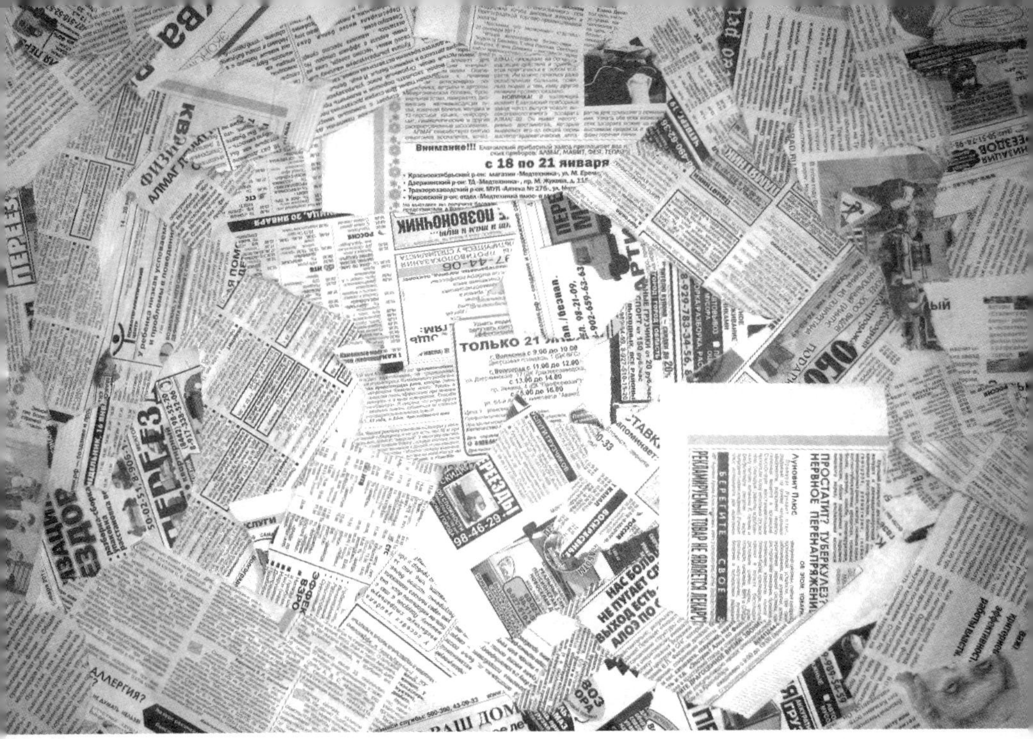

唯有穿越知识的迷障，才能截断众流，

使真实的般若流露，进入亲切的真道。

的世界呢?

如果我们花很多精神分散在许多混乱零碎的资讯中，又哪里有专注的精神来看待自我的历练呢?

现代人的三个大病

我认为生活在重商社会的现代人，最大的三个病是：一庸俗，二复杂，三烦恼。

庸俗之病来自于在感官欲望中浮沉，不能超越。

复杂之病来自于被外在事物所扰乱，不能单纯。

烦恼之病来自于从内在思想生波动，不能平静。

三病其实只是一个病源，就是外面的资讯太发达了，使我们生出更大的欲望，以物质的追求与拥有来作为人生价值的标准，焉得不庸俗?也由于外在的资讯太有侵略性了，使我们忘失原是自己的主人，忙着分析、评论与比较，焉得不复杂?更由于外面资讯太无孔不入了，使我们每天东看西看：那个人比我有钱，这个人比我有权势，那个人比我有才干，这个人比我美丽，于是生出内在的许多贪婪、嗔怨、愚痴，焉得不烦恼?所以，我常常想，减少接触过多的讯息，就可以增加人生的平安。

也许有人不以为然，但我见过许多这样的例子，譬如住在乡下的人虽有欲望，其欲望却远不如城市人，因为他不必和人比汽车、比名牌、比房子，他也没机会天天看大百货公司打折的招牌，或甚少有机会到餐厅大吃大喝，他的欲望自然简单得多，烦恼也就少了。譬如我们小时候家里穷，从来不敢向父母要玩具，甚至也不知道世界上有叫作“玩具”的东西，自然不会像现在的孩子因要不到玩具而义愤填膺了。譬如我认识很多不识字的人，他们从不被资讯干扰，生命的烦恼简单得多，生活就单纯得多了。

乡下人、穷孩子、文盲之所以过简单生活，是为环境所迫，有时做不得准。然而，如果一个受过良好教育的城市人，又有很好的收人，仍不免犯庸俗、复杂、烦恼之病，思有解脱之道，能够回头学习乡下人、穷孩子、文盲的方法，是很不错的。

我想到中国禅宗最关键、影响最大的人物：一是禅宗初祖达摩祖师，他到中国来竟不到处行走，而到河南嵩山少林寺面壁九年，不把时间花费在文字与知见上；二是禅宗六祖慧能，他根本不认识文字，他曾说过：“下下人有上上智，上上人有没意智。”

达摩与慧能后来也曾引用经文来表达禅心，不过大部分的说法都是由自我心田流出，达摩有《人道四行论》，慧能有《六祖坛经》传世，总共加起来没有几个字，但是后世的大禅师无不依承达摩、崇拜六祖，他们的思想言论也都不出《六祖坛经》的范围。

这是多么富有启示意义呀！一个是面壁不语的壁观婆罗门，一个是一字不识的樵夫，正是最有智慧、大开大阖、惊涛骇浪的禅门宗祖，想来要越过资讯，才能认识本来的心源，不是没有道理。

在禅宗里，这叫作“不知最亲切”！

——从自己胸襟流出

清凉法眼文益禅师到南方去行脚参学，有一天突然遇到天下大雨，溪流暴涨，他只好到一个寺院去避雨，住在寺中的地藏院里。

寺里的住持是罗汉桂琛禅师，他听说有行脚僧在地藏院避雨，就过来探视，他亲切地问法眼说：“你要去哪里呢？”

“我只是四处行脚罢了！”法眼说。

“行脚是什么意思？”

“不知。”（法眼一路上都遇到人问他“行脚去哪里？”首次遇到“行脚是什么？”随口就这样回答了。）

没想到罗汉桂琛竟说：“不知最亲切！”

法眼听了豁然开悟，就留下来做罗汉的侍者，再也不行脚了。

这个公案很有意思，“不知最亲切”和“行脚是什么意思？”连起来看，可以使我们有两个思考，一就是六祖慧能回答惠明“还有密意否？”的问题，他说：“密在汝边。”自性的密意不是行脚可以得到的，而是在自己的心田，它没有什么秘密，也不在遥远的地方。

二就是四祖道信说的：“大道虚旷，绝思绝虑。”心地的光明不在知见上，不在是非观念，唯有超越了知见才能回归到与自己最亲密切近的自性光明呀！

“不知最亲切”强烈地表达了禅的超越与实践的精神，对于想得到真实智慧的人，世间的“知”反而令人走向远离之路。

慧朗去谒见大寂禅师，大寂问说：“汝来何求？”

慧朗说："求佛知见。"

大寂说："佛无知见，知见乃魔界。"

佛的知见尚且不可求，何况是人间纷扰的知见呢？

我们到现在还可以想象法眼听到"不知最亲切"时那目瞪口呆的神情，一个十方行脚求悟的禅者，想要追求佛的知见，却突然听见"不知最亲切"这五个字，真有如万里晴空中忽然听见天边轰然的响雷一样，智慧之门突然顿开，自性光明骤然涌现。

因此，法眼后来成为伟大的禅师，也常用相同的意趣来教导弟子，有弟子问他："十二时中要如何修持？"

他说："步步踏实。"

还有一位弟子问他："什么是真道？"

他说："第一是教你去行。第二也是教你去行。"

又有一位弟子问他："什么是诸佛玄旨？"

他说："是你也有的呀！"（你就有玄旨！）

另有一位弟子问他："什么是古佛？"

他说："现在就很好呀！"（为什么要去问古佛呢？）

法眼说的全是"不知最亲切"！求道者往往花很多时间精力去追求有关道的知识，对道而言，这些知识都很空洞，有如海上的浮沤，与其求知，不如不知，把心力转回内在光明的启发，使自性显露如珠，因为，一切都是现成的呀！

雪峰义存禅师修行很久都不能契入，深为自己不能悟道而烦恼，他的师兄岩头有一次对他说："道从门入者，不是家珍。若欲播扬大教，一一从自己胸襟流出，将来与我盖天盖地去！”雪峰听了，当下大悟。

“一一从自己胸襟出”正是“不知最亲切”。唯有穿越知识的迷障，才能截断众流，使真实的般若流露，进入亲切的真道。

一切都是现成的

禅师的境界是开悟者的境界，我们或许难以领会，不过禅的世界也并不离开生活，生活在资讯发达的我们，每天都在为知见奔忙，身心难得有片刻的歇息，因为世间言说都是一种对待观念，同一件事，同一个人，有的说“是”，有的说“非”。即使我们自己也常“觉今是而昨非”，从前认为的“是”，现在可能认为“非”。每天在是非里纠缠，何处才能安立，何时才能安顿呢？

如果不能从内在截断众流，得到安顿，就应该斩断外在的葛藤，尽量把垃圾清除，不要再让垃圾进门。我们每天打开六大张报纸，大部分与垃圾无异，我们看到贪渎者的腐味、嗔恨者的腥味、愚昧者的霉味，处处都是欲望与无知的臭气、人情与应酬的油腻，真的就能感受到禅师说“不知最亲切”是有一颗多么超越而明净的心。

法眼开悟以后，他的师父罗汉知道他还未彻悟，指着庭前的石头问他：“三界唯心，万法唯识，现在庭下的石头，是在心内？还是心外？”

法眼说：“在心内。”

罗汉说：“你为什么把这样大的石头放在心内呢？”

法眼无言以对，每天都想出新的答案呈给师父，全被罗汉否定了，经过一段时间，他觉得自己已经辞穷理绝了，这时罗汉对他说："以佛法论，一切都是现成的。"

法眼这时才彻底地开悟了。

我们再来深思这几句话吧！

"不知最亲切。"

"你为什么把这样大的石头放在心内呢？"

"一切都是现成的。"

这是我对治资讯泛滥的一个最简要的方法，在光怪陆离、颠倒错谬、眼花缭乱的媒体暴力里，禅师早就以非凡的智慧教导过我们，为我们抽钉拔刺，让我们能单纯坦荡地来面对世界了。

调好生命的琴弦

释迦牟尼佛在经过了苦行之后出山的时候，说过：“中道是最重要的。”苦行并不能证得最后的解脱。

所谓的中道，就是以一种舒坦的态度来生活，来学佛，就好像调琴弦一样。

《四十二章经》里记载，释迦牟尼佛告诉一个弟子：弹琴要把琴弦调到刚刚好的地方，不能调得太紧。琴弦太紧，一弹就绷断了；太松，就不能弹出好的音乐。

中道，就是把生命的琴弦调得正好，可以弹出很好的音乐，不会很快地断裂。如果一个人修行修到精神状态绷得很紧，一弹就断裂，一定是有问题；修行修到很放松，仿佛不知道修行是什么，也有问题。

不要正经八百、板着脸孔过日子。烦恼是因人而异的。一旦陷入烦恼中，越是板着脸孔，烦恼越是加重，不会减轻。倘使以坦然的态度面对烦恼，烦恼就减轻了。

所谓的中道，就是以一种舒坦的态度来生活，

来学佛，就好像调琴弦一样。

把烦恼写在沙滩上

有一个中年人，年轻时追求的家庭、事业都有了基础，但是却觉得生命空虚，感到彷徨而无奈，而且这种情况日渐严重，到后来不得不去看医生。

医生听完了他的陈述，说：“我开几个处方给你试试！”于是开了四帖药放在药袋里，对他说：“你明天九点钟以前独自到海边去，不要带报纸杂志，不要听广播，到了海边，分别在上午九点、中午十二点、下午三点和黄昏五点，依序各服用一帖药，你的病就可以治愈了。”

那位中年人半信半疑，但第二天还是依照医生的嘱咐来到海边，一走近海边，尤其在清晨，看到广大的海，心情为之清朗。

上午九点整，他打开第一帖药服用，里面没有药，只写了两个字“谛听”。他真的坐下来，谛听风的声音、海浪的声音，甚至听到自己心跳的节拍与大自然的节奏合在一起。他已经很多年没有如此安静地坐下来听，因此感觉到身心都得到了清洗。

到了中午，他打开第二个处方，上面写着“回忆”二字。他开始从谛听外界的声音转回来，回想起自己从童年到少年的无忧快乐，想到青年时期创业的艰困，想到父母的慈爱，兄弟朋友的友谊，生命的力量与热情重新从他的内在燃烧起来。

下午三点，他打开第三帖药，上面写着“检讨你的动机”。他仔细地想起早年创业的时候，是为了服务人群热诚地工作，等到事业有成了，则只顾赚钱，失去了经营事业的喜悦，为了自身利益，则失去了对别人的关怀，想到这里，他已深有所悟。

到了黄昏的时候，他打开最后的处方，上面写着“把烦恼写在沙滩上”。他走到离海最近的沙滩，写下“烦恼”两个字，一波海浪立即淹没了他的“烦恼”，洗得沙上一片平坦。

这个中年人在回家的路上，再度恢复了生命的活力。他的空虚与彷徨也就治愈了。

这个故事是有一次深研禅学的郑石岩先生谈起关丁高登（Arthur Gordon）亲身体验的故事。我一直很喜欢这个故事，因为它在本质上有许多与禅相近的东西。

“谛听”就是“观照”，是专心地听闻外在的声音，其实，“谛听”就是“观世音”，观世音虽是菩萨的名字，但人人都具有观世音的本质，只要肯谛听，观世音的本质就会被开发出来。

“回忆”就是“静虑”，是禅最原始的意涵，也是反观自心的初步功夫。观世音菩萨有另一个名号叫“观自在”，一个人若不能清楚自己成长的历程，如何能观自在呢？

“检讨你的动机”，动机就是身口意的“意”，在佛教里叫作“初发”，意即“初发的心”。一个人如果能时时把握初心，主掌意念，就能随心所欲不逾矩了。

“把烦恼写在沙滩上”，这是禅者的关键，就是“放下”。我们的烦恼是来自执着，其实执着像是写在沙上的字，海水一冲就流走了。缘起性空才是一切的实相，能看到这一层，放下就没有那么难了。

禅并没有一定的形式与面貌，在用世的许多东西，都具有禅的一些特质，禅自然也不离开生活，如何深入生活中得到崭新的悟，并有全生命的投入，这是禅的风味。

有一个禅宗的故事这样说：一位禅师与弟子外出，看到狐狸在追兔子。

“依据古代的传说，大部分清醒的兔子可以逃掉狐狸，这一只也可以。”师父说。

“不可能！”弟子回答，“狐狸跑得比兔子快！”

“但兔子将可避开狐狸！”师父仍然坚持己见。

“师父，您为什么如此肯定呢？”

“因为，狐狸是在追它的晚餐，兔子是在逃命！”师父说。

可叹息的是，大部分的人过日子就像狐狸追兔子，以致到了中年，筋疲力尽就放弃自己的晚餐，纵使有些人追到了晚餐，也会觉得花那么大的代价才追到一只兔子，而感到懊丧。修行者的态度应该不是狐狸追兔子，而是兔子逃命，只有投入全副身心，向前奔驰飞跃，否则一个不留神，就会丧于狐口了。

在生命的“点”和“点”间，快如迅雷，没有一点空隙，甚至容不下思考，就有如兔子奔越逃命一样，我每想起这个禅的故事，就想到：兔子假如能逃过狐口，在喘息的时候，一定能见及生命的真意吧！

心灵的织锦

父亲过世的时候，我请佛光山的法师来办佛事，按佛教规矩，在入殓后要做“七七”，就是在四十九天内每隔七天做一次法会，第一次叫“头七”，第二次叫“二七”，余此类推，到最后一次叫“七七”，做完以后就是功德圆满了。

“做七”是台湾民间极普遍的风俗，它最初的发源是佛教，后来才被道教及民间信仰所采用。为什么要做七呢？在《地藏菩萨本愿经》中说得非常清楚：

“若能更为身死之后，七七日内，广造众善，能使是诸众生永离恶趣，得生入天，受胜妙乐。现在眷属，利益无量。

“无常大鬼，不期而到；冥冥游神，未知罪福。七七日内，如痴如聋，或在诸司，辩论业果。审定之后，据业受生。未测之间，千万愁苦，何况堕于诸恶趣等。是命终人，未得受生，在七七日内，念念问望诸骨肉眷属与造福力救拔，过是日后，随业受报。”

意思是说，人死之后，在四十九天里面尚未受生，随着他生前所造的因在幽冥诸司析辨善恶诸业，由于还没有审定，因此依靠眷属造福的救拔，可以使他投生到更好的地方，或消灭他的罪业，一旦过了四十九天则随业投生，那时所有的救拔都没有着力的地方了。

当然，这四十九天的救拔也有例外，对于大善或大恶的人，他的往生净土或堕入无间地狱都是一发即到，不需要辩论的。对于这样的人，七七日法会仍有意义，给善者多带福慧的资粮，给恶者少受恶报的苦痛。

根据《地藏经》的记载，我国民间糅合了各地习俗，发展出一套丧礼的仪节，这种仪节已经完全背离了佛教，自成一个体系，以致使一般人误解佛教的仪式，实在是令人感到遗憾的。

例如，现在民间做七，每请乡间的道士，这些道士很少是真正修道的人，他既非受过正统的道教训练，在人品人格也不能令人敬仰，可是由于死者家属每每感到彷徨，仓促间只好请他们来作法。

作法也罢，一般道士（民间叫司公）相信人死之后先到阴间，四十九天后再到阳间来，所以他们作法的法场就依照想象中的地狱搭成，道士先把死者的亡魂牵到地狱去，绕了阴森森的一圈，最后才用符箓一再催动，再把亡魂从地狱救出来。

一般道士总是会对死者的亲属说："我现在已经把你的亲人从阴间救出来。"中国民间大抵上只有阴阳两个世界观，无从知道多重复杂的宇宙空间，也只好听信道士的话了——我并没有批评道士的意思，目前台湾也有许多有修行的道士，而且民间的符箓也确有它的力量和存在的价值。

阴阳两界也就罢了，民间做七的“牲礼”是最可怕的。每次做七的时候，一定要拜三牲，三牲通常是一个猪头，一只鸡，一条鱼。鸡鱼还是寻常之物，猪头便不寻常，做完七七等于有了七个猪头，按民间习俗，这些猪头不能自己食用，而要送给亲友，这年头有谁敢吃猪头呢？尤其是祭拜过后卫生堪虑的冷猪头，最后总是任其腐败而丢弃了。

这些也有违佛法，一来更造杀业，转增罪缘；二来使命终人殃累对辩，晚生善处；三来使亡魂困于恶因，不得解脱。即使不谈佛法，光是从慈悲、卫生、现代化的观点来看，也是不合格的。

基于我对民间风俗办理“七巡”的看法，我希望找到一条更合理的佛教方面的观点，在佛光山法务部与法师商议时，特别提到这些。

忏悔最有力量

我问法师：“到底从我们佛教来看，什么是对亡者最有利益和功德的呢？”

法师说：“当然是诵经和拜忏了，诵经是给亡者的神识找到一条可依循的道路。拜忏则是依靠忏悔的量来减消亡者的业障，更是最有力量的方式。”

“可是，”我仍然有一些疑惑，“拜忏是生者的忏悔，亡者怎么能得利呢？”

法师翻开《地藏经》的《利益存亡品》给我看，上面写着：“命终之后，眷属小大，为造福利一切圣事，七分之中而乃获一,六分功德，生者自利。”意思是如果生者为亡者拜经忏，七分里面有六分为生者自得，只有一分能回向给亡者。

法师说：“一般人认为忏悔是消极的事，其实在我们佛教里，忏悔是积极的。例如你有一块棉布破了，你知道那破的地方，这是反省；如果有了小的忏悔，就如同在棉布上补了新棉布，完好如初；如果是大忏悔、大发愿，就像在棉布上织了锦绣，比原来的新棉布更殊胜。”

因此，我才知道忏悔是有大力量的，便为父亲的佛事排了“般若金刚宝忏”及“八十八佛洪名宝忏”两次拜忏，并做了两次“三时系念”，每一时忏悔发愿一次。当我在“三时系念”听到第一时的忏悔文时，忍不住泪下如雨，这一段忏悔文是：

“但念自从无始迄至今生，一念为真，六根逐妄，随情造业，纵我为非。身业则杀盗邪淫；口过则妄言、绮语、两舌、恶口；意恶则常起贪嗔、深生痴爱。由兹工业，钩锁妄缘，常汩汩于尘劳，但茫茫于岁月。欲思出离，唯凭忏悔熏修之力。俾眼耳鼻舌身意之过衍，应念顿消；使色声香味触法之浮尘，即时清净。”

这不是我们每个人最好的写照吗？尘劳汩汩、岁月茫茫，哪里才是清净的道路呢？

当时我已深信忏悔有大力，但对忏悔还没有真实的体验，后来在新竹五峰禅寺由会宗师父授在家五戒，想到自己从无始劫来，因为无明所造下的恶业，真是悲不能抑，正如《地藏经》中所说：“南阎浮提众生，举止动念，无不是业，无不是罪，何况恣情杀害、窃盗、邪淫、妄语，百千罪状。”

处在无始无边的罪业之中，唯一救拔的力量就是忏悔了，先别说来世的利益，就是在当时当刻，我们有一念忏悔之心，顿时身心轻安，因而在许多宗教里，忏悔都是很重要的法门，如果一个宗教竟而不教人忏悔，这样的宗教也就十分可怖了。

我们是不完满的人

佛教里关于忏悔的方法和经典非常的多，并且把忏悔分成三品，在《往生神赞》里说：“忏悔有三品，上中下，上品忏悔者，身毛孔中血流，眼中血出者，名上品忏悔。中品忏悔者，遍身热汗从毛孔出，眼中血流者，名中品忏悔。下品忏悔者，遍身彻热，眼中泪出者，名下品忏悔。”

我想，不管是上品、中品，或下品，能有这样真心的忏悔，都像是在心灵上织锦了。

《止观》上说：“忏名陈露先恶，悔名改往修来。”带有积极精神，但是在改变过去的恶，也是在修未来的善。所以，在许多佛经里都提到忏悔的功德。从佛教观点，这个世界没有任何一个人是完满的，故此强调忏悔，认为真心的忏悔与从未犯过过错的清净是一样的。

《地藏十轮经》说：“于我法中，有二种人，各无所犯：一者，本性专精，本来不犯。二者，犯已惭愧，发露忏悔。此二种人，于我法中，名为勇健得清净者。”

《采花违王上佛授决号妙花经》说：“能自改者，与无过同。”

《心地观经》说："若覆罪者，罪即增长。发露忏悔，罪即消除。"

《法句经》说："过失犯非恶，能追悔为善。是明照世间，如日无云曀"，"人前为恶，后止不犯。是炤世间，如月云消。"

《大般涅槃经》说："虽先作恶，后能发露，悔已惭愧，更不敢作。犹如浊水，置之明珠，以珠威力，水即为清。如烟云除，月则清明。作恶能悔，亦复如是。"

在《出曜经》里有一段经文更有意思："不羞反羞，羞反不羞。不畏现畏，畏现不畏。"翻成白话文是："不知道羞耻是最为羞耻的，知道羞耻的反而不是羞耻；不畏惧悔罪是最可怕的事，知道罪的可怕反而无畏了。"

人为什么会知道忏悔呢？因为知道羞耻、知道无明、知道惭愧，知道了这是不完满的世界，而我们是不完满的人。佛教里认为人间最重要的是"惭愧心"，如果不能惭愧，就不成其为人，而是畜生了。

《大般涅槃经》说："无惭愧者，不名为人，名为畜生。有惭愧故，则能恭敬父母师长；有惭愧故，说有父母兄弟姊妹。"

《本事经》说："略有二种白净善法，能护世间。云何为二？谓惭。谓愧。若无此二白净善法，世间有情，皆成秽杂，猛如牛羊鸡猪狗等，不识父母兄弟姊妹，不识轨范亲教导师似导师等。由有此二白净善法，世间有情，离诸秽杂，非如牛羊鸡猪狗等。了知父母兄弟姊妹，了知轨范亲教导师似导师等。是故汝等，应如是学：我当云何成就？如是二种最胜第一惭愧白净善法。"

惭愧与忏悔是人生中极重要的品质，当一个人不知道惭愧，他就失去了同情与悲悯；当一个人不知道忏悔，他就失去了智慧与宽容。因此古来的大法师，他们在署名的时候常写着“惭愧僧”“苦恼僧”“忏悔僧”等等，这不仅是自谦之词，而是警策之句。

我们所处的社会一天天失去了单纯与谦和的品质，一日日以机械化、电脑化、科技化自豪，使人的品质日益像机械或电脑，想是与现代人不知惭愧忏悔有莫大关系，机械是永远不会惭愧的，电脑是永远不会忏悔的！

大蟒蛇与人面疮

佛教有许许多多的忏法，比较著名的有“慈悲忏法”“水忏法”“阿弥陀忏法”“观音忏法”“法华忏法”“方等忏法”“金光明忏法”等等，我们一时也不必知道这么多的忏法，然而其中的“慈悲忏法”和“水忏法”有两个故事非常有趣。

“慈悲忏法”做的忏是“梁皇宝忏”，有“忏王”之称。传说这个忏是梁武帝为皇后郗氏所集。郗氏驾崩数月，武帝经常追悼她，日夜不乐，有一天他听到外面有怪异的声音，探头一看，见到一条巨蟒在大殿盘桓，赤眼张口看着武帝，武帝大惊，问蛇说：“朕的宫殿十分森严，不是你们蛇类生长的地方，你可是妖孽，要来害朕吗？”

没想到这条蛇竟开口说话：“我乃是你以前的郗氏呀！我生前嫉妒六宫，生性惨毒，常因发怒而损物害人，因此死后投生为蟒蛇。既没有食物可吃，又没有穴洞可住，常受饥窘迫近，在每一片鳞甲里有许多虫啮咬肌肉，好像刀锥，非常痛苦。我因感到皇上平日待我恩重，因此才敢以这样丑的形状来见皇上，向皇上祈求做一些功德来救拔我呀！”

梁武帝听了，痛心感慨，想要进一步问蟒蛇，蟒蛇已经不见了。第二天，武帝集合许多出家人在殿上，向他们说了这件事，并问：“如果要赎罪，哪一样最好？”

志公就对曰：“必须虔诚礼佛，忏悔洗涤罪业！”

武帝觉得非常有道理，于是大量搜集佛经，录佛名号，亲自写下忏悔文十卷，为死去的郗后忏悔。有一天，他闻到宫室内飘来浓浓的异香，武帝抬头一看，见到一位天人容貌端庄秀丽，对武帝说：“我是蟒蛇的后身，承蒙皇上的功德，得以生在忉利天，为了印证此功德，所以化身相见。”

随后殷勤拜谢，接着就不见了。

梁武帝所写的忏悔文就称之为《梁皇宝忏》，这是一部大忏，一般较小的道场还做不起来，在为亡灵忏悔时有不可思议的功德。《梁皇宝忏》的文字非常优美流丽，可以作为文学作品阅读。

《水忏法》是《慈悲三昧水忏》的简称，是唐朝的悟达国师所写，也有一个动人的故事。

话说唐懿宗的时候，有一位悟达法师名叫知玄，他在年轻未显达的时候，和一位僧人在京师邂逅，这个僧人患了皮肤的恶疾，大家都嫌恶他，只有知玄时时去看顾他，一点也没有因病而厌弃。后来要分开的时候，那位僧人感其风义，对他说：“你以后如果有什么困难，可以到西蜀彭州九陇山找我，我居住的地方有两棵松树为志。”

后来悟达被封为国师，住在安国寺，道德昭彰，连皇帝懿宗都来听法，赐给他用沉香木雕成的法座，对他恩宠有加。

就在悟达国师声誉最隆的时候，他的膝盖突然长出人面疮，眉毛、眼睛、口齿具备，如果用食物喂他，人面疮就开口吞咽，和人没有两样，悟达国师找遍了名医，都束手无策。

他突然想起以前那位患恶疾的僧人，临别时对他说的话，于是到九陇山去找他。那时候天色已晚，他彷徨四顾，看到两棵松树站在烟云之间，才相信了僧人果然信守约定。

国师走到两松之间，才看到高楼广殿，金碧辉煌，僧人站在门口迎接，两人见面十分高兴，僧人留他住宿，国师告诉他自己正为人面疮所苦。僧人对他说："这没有什么大碍，我这山崖下有一泉水，明天早上你去洗一洗就会好了。"

第二天清晨，童子带他到泉水边去洗人面疮，围师正要掬水洗涤的时候，那个人面疮突然大叫："不可以洗！你识达深远，考究古今，有没有读过西汉时代袁盎和晁错的传记？"

"曾经读过。"悟达国师说。

"既然读过，应该知道晁错是被袁盎杀死的，你就是当时的袁盎，我就是晁错！晁错被腰斩于东市，是多么的冤枉呀！我累世以来，一直想向你报这个仇，可是你十世都是高僧，戒律精严，一直没有下手的机会，现在你受皇帝恩宠，生活过于奢华，生起名利之心，于德有损，我才有机会来向你报仇。今天承蒙迦诺迦尊者洗我以三昧法水，从现在起，我不再和你为冤了！"

悟达听了，神色凛然，魂不附体，连忙掬水洗人面疮，痛入骨髓，昏倒而不省人事。等他醒来的时候，人面疮已经不见了。这时他才知道圣贤混迹凡间，实在不是一般人能了解，他想回头去礼拜迦诺迦尊者，到松树的地方只见一片烟云，其余的都不见了。

悟达国师感悟到这件事情的奇异，想到累世的冤仇，如果不是遇到圣人，如何才能解脱呢？于是写了三卷忏悔文，因为是用三昧水洗去冤业为义，所以命名为“水忏”。

这两个故事都非常生动有趣，它给我们带来的启示是：修行得再好的人也必须有忏悔之心，只有忏悔才是消除罪业最殊胜的方法。因果冤仇可以历十世而不消，如果没有忏罪之心，如何能缝补我们所造的业呢？

忏悔是光明的表现

像《梁皇宝忏》《慈悲三昧水忏》都是大忏，一般人不一定能做，但佛教的忏悔也有简单的方法，通常把忏悔分成三种：

一、作法忏：除了做大的忏法，个人单独向佛前披露自己的罪过，发愿日后身口所作依于法度，也算是作法忏，它的功德可以灭除犯戒之罪。

二、取相忏：时时定心而有忏悔的想法，请佛慈悲哀纳就是取相忏，它的功德可以灭除烦恼，使自性清净。

三、无生忏：正心端坐，观想涅槃的真理，本来不生不灭，故罪不染着，以此灭恶生善，是为无生忏，它的功德可以消灭障蔽中道的无明。

看来，忏悔可以很复杂，也可以很简单；忏悔的本身是很困难的，但只要心念一动也很容易着手。像我们常念的忏悔文：“往昔所造诸恶业，皆由无始贪嗔痴；从身语意之所生，一切我今皆忏悔。”光是这首偈，佛经里说能诚心念一次，就能“罪灭河沙”，可见忏悔不是能不能的问题，而是为不为的问题。

在这纷扰的世界本来就有千百种人，有的人心灵残破而不自知，有的人残破了而拼命掩盖，有的人反省企图缝补，有的人躲在一角默默地修补……但是，第一等人应该是在心灵上织锦，用更好的、更美的、更坚韧的锦绣来缝补自己破漏的地方。

在心灵上织锦不是永不犯错，而是每一个错都用忏悔的心情去修补。我常在为自己过去的无明忏悔之时，感受到身心一片光明，如夜明摩尼珠点照，这样从黑暗中向光明大步走去，我想，总有一天可以让我们走到永恒光明之处，忏悔正是一种光明的表现，也是光明的证言。

一滴水到海洋

一位弟子追随一位得道的师父。过不了几天，他一有机会就去请教师父："什么是人生的价值？"师父总是不告诉他，他愈加显得着急，一再地去求教。

有一天，师父被缠不过了，从房子里拿出一块石头，那石头看起来很大，也很美，师父说："你带这块石头到卖蔬菜的市场去卖，但是不要真的卖出去，只要试着卖，看看蔬菜市场的人可以出什么样的价钱。"

那个弟子真的带着石头到蔬菜市场去试卖。很多人围过来看，有的说："这么美的石头可以给孩子玩。"有的说："这么大的石头当秤锤刚刚好。"于是人们纷纷给石头出价，从两元到十元不等。

弟子带着石头回来见师父，说："在蔬菜市场，这个石头只能卖到十元的价钱。"

师父又说："现在你把这石头拿到黄金的市场去卖，但是不要真的卖出去，看看黄金市场的人可以出什么样的价钱。"

弟子照着吩咐去做了。当他从黄金市场回来的时候，很高兴地向师父报告："在黄金市场，他们出的价钱很好，这石头可以卖到一千元。"

师父又说："现在，你把这石头拿到珠宝店去，还是不要卖出去，只要看看珠宝店的人可以出到什么样的价钱。"

弟子拿石头到珠宝店去卖时，他简直无法相信，因为第一个人就出价五千元，由于他不卖，珠宝店的人竟一直加价，最后加到几十万元。

弟子还是不肯卖，最后珠宝店的人说："只要你肯卖，任你开个价吧！"

弟子说："我只是奉师父之命来试这个石头的价钱，不管出多高的价，我的石头都是不卖的。"弟子离开珠宝店的时候，他心想，黄金市场和珠宝店的人简直是疯狂，因为在他看来，一块石头能卖十元就够好了。

他回来向师父报告在珠宝店得到的开价，师父说："一块石头的价值，是由了解的深浅而定的。如果一个人没有够好的眼睛，所有的石头，价值都不会超过十元，正像你在蔬菜市场遇到的那些人。你每天追着我问人生的价值，可是你的眼睛只停在蔬菜市场的层次，我给你一个钻石，你也会以为. 只值十元。如果你成为珠宝商，认识真正的宝石，我给你的宝石才会成为无价。现在，你先不要向我要人生的宝石，先使你自己拥有珠宝商的眼睛，那时候你来找我，我就会教你人生的价值。"

这是苏菲修行者的故事，它有两个重要的寓意：

一是想要追求人生更高的奥秘，一定要在心灵上有所准备，要养成慧眼，这样才能承受真正的“道的宝石”，如果没有慧眼，最好的钻石摆在眼前也与石头无异。

二是万事万物并没有绝对的价值，而是缘于了解的深浅而显示价值的高低，唯有心灵的提升才能坚持出一种绝对的价值。有绝对价值的人，吃饭喝茶中都有深奥的境界，因为人生的奥义并不在那相对与分别的世界，而在绝对的性灵中。

不久前，我去参观一个奇石的展览，就想到苏菲的这个故事，那所谓的奇石全不加人工的雕琢，而是捡拾自深山、溪流、海边，个个都有奇特的风姿。它们的定价从数千到数十万都有，如果不是收藏奇石的那个圈子里的人，很难理解为什么一块石头可以卖到几十万。但是听说有很多是非卖品，即使那个圈子里的人愿意花几十万买石头也买不到呀!

我们假设那些原在深山、海岸、溪畔的奇石，普通人根本就懒得去捡，所以发现而捡拾的人就可以说是慧眼独具了，他们的慧眼则是在对石头的爱与了解中产生的。当然也有人为了卖钱而捡石头，有一位奇石收藏家就告诉我：“为了卖钱而捡石头的人，往往捡不到最好的石头。”

但是，不管是为爱而捡或为钱而捡，不管有什么样的定价，不管是在深山或在艺术馆的架上，一块石头的本质是不会改变的，在改变与波动着的只是我们的眼睛，我们的心。

石头存在的本身就饱含了价值，不因慧眼或俗眼而改变。其实，万物的本身都有不可替代、无法定价、深刻无比的价值，此所以“森罗万象许峥嵘”，此所以“翠竹皆是法身，黄花无非般若”，此所以“溪声尽是广长舌，山色岂非清净身”……

保持内心如宝石一样的品质，比起为宝石定各种价钱要高明得多。

从前，牛顿在苹果树下，被一个苹果打中而发现地心引力。这是多么伟大的发现，但是如果没有那个适时落下的苹果，可能要晚几百年才会被发现。所以，也许市场里一个苹果卖十块钱，可是一个苹果也可以是地心引力的引信，也可以是无价的。

有一个这样的笑话——

一个孩子读了牛顿发现地心引力的故事，就跑去坐在苹果树下，想自己说不定也可以发现什么大的道理。他坐在苹果树下胡思乱想，为什么苹果树这么高大，却长出这么小的苹果，而大西瓜却相反，长在小小的西瓜藤上？小苹果长在大树上，大西瓜却长在小小的藤上，这里面一定有什么伟大的道理吧！

正在苦思的时候，一个苹果“啪”一声落在他的头上，他突然欣喜若狂地发现了：“还好是一个苹果，如果是大西瓜落下来，我还会有头在吗？原来大西瓜长在地上是有道理的，至少落下的时候不会有人受伤。苹果长在大树上是很好的，西瓜长在地上也是很好的，万物的存在都有它的道理。”

事物的价值源自于人心的价值，如果心的价值不被发现与确立，事物的价值也就得不到确立了。有一个朋友千里迢迢带回来大陆寺庙改建时拆下的砖送我，说是唐朝的砖。我左看右看，端详这块朋友口中“伟大而有历史的砖”，却总是看不出它的殊异之处。我想，如果把这块砖放在忠孝东路人群最多的地方，也不会有人捡拾，或者第二天就被清道夫丢进垃圾车里。这块毫不起眼、重达五公斤的砖块，以锦盒包装，被抱在怀中，飞山越海，到我的手上，只是因为在我们的心里先确立了，才会发现它的价值呀！

当一个人的心没有价值观与质量感时，当一个人的心只有垃圾时，所看见的世界也无非是垃圾！

在现代社会，真实的价值之所以被隐没，就是人心被隐没的结果。

假若说，人心的价值是一滴水，万物存在的价值是一片广大的海洋，那么唯有发现心里一滴水的人，才能体会海洋也是一滴水的汇集与映现。轻视一滴水，就是轻视整个海洋，而能品味一滴水，也就能品尝海洋的真味了。

黄昏月娘要出来的时候

开车从大溪到莺歌的路上，黄昏悄悄来临了，原本澄明碧绿的山景先是被艳红的晚霞染赤，然后在山风里静静地黯淡下来，大汉溪沿岸民房的灯盏一个一个被点亮。

夏天已经到了尾声，初秋的凉风从大汉溪那头绵绵地吹送过来。

我喜欢黄昏的时候，在乡间道路上开车或散步，这时可以把速度放慢，细细品味时空的一些变化，不管是时间或空间，黄昏都是一个令人警醒的节点，在时间上，黄昏预示了一天的消失，白日在黑暗里隐遁，使我们有了被时间推迫而不能自主的悲感；在空间上，黄昏似乎使我们的空间突然缩小，我们的视野再也不能自由放怀了，那种感觉就像电影里的大远景被一下子跳接到特写一般，我们白天不在乎的广大世界，黄昏时成为片段的焦点——我们会看见橙红的落日、涌起的山岚、斑灿的彩霞、墨绿的山线、飘忽的树影，都有如定格一般。

事实上，黄昏与白天、黑夜之间并没有断绝，日与夜的空间并不因黄昏而有改变，日与夜的时间也没有断落，那么，为什么黄昏会给我们这么特别的感受呢？欢喜的人看见了黄昏的优美，苦痛的人看见了黄昏的凄凉；热恋的人在黄昏下许诺誓言；失恋的人则在黄昏时看见了光明绝望的沉落。

就像今天开车路过乡间的黄昏，坐在我车里的朋友都因为疲倦而沉沉睡去了，穿过麻竹防风林的晚风拍打着我的脸颊，我感觉到风的温柔、体贴与优雅，黄昏的风是多么静谧，没有一点声息。突然一轮巨大明亮的月亮从山头跳跃出来，这一轮月亮的明度与巨大，使我深深地震动，才想起今天是农历六月十八日，六月的明月是一点也不逊于中秋。

我说看见月亮的那一刻使我深深震动，一点也不夸张，因为我心里不觉地浮起两句有一些忧伤的歌词：

每日黄昏月娘要出来的时候

加添阮心内的悲哀

这两句歌词是一首闽南语歌《望你早归》的歌词，记得它的原作词者杨三郎先生曾说过他作这首歌的背景，那时台湾刚刚光复，因为经历了战乱，他想到每一个家庭都有人离散在外，凡有人离散在外，就会有思念的人，而思念，在黄昏夜色将临时最为深沉和悠远，心里自然有更深的悲意，他于是自然地写下了这一首动人的歌，我最爱的正是这两句。

现在时代已经改变了，战乱离散的悲剧不再和从前一样，但是大

唯有思念能穿破时间和空间的阻隔，

永久在情感的水面上开花，

有如每日黄昏时从山头升起的月亮一样。

家还是爱唱这首歌，原因在于，每个人的心灵深处都埋藏着远方的人呀！我觉得在人的情感之中，最动人的不一定是死生相许的誓言，也不一定是缠绵悱恻的爱恋，而是对远方的人的思念。因为，死生相许的誓言与缠绵悱恻的爱恋都会破灭、淡化，甚至在人生中完全消失，唯有思念能穿破时间和空间的阻隔，永久在情感的水面上开花，有如每日黄昏时从山头升起的月亮一样。

远方的思念是情感中特别美丽的一种，可惜在这个时代的人已经逐渐消失了这种情感，就好像愈来愈少人能欣赏晚上的月色、秋天的白云、山间的溪流一般，人们总是想，爱就要轰轰烈烈，要情欲炽盛，要合乎时代的潮流，于是乎，爱的本质就完全地改变了。

思念的情感不是如此，它是心中有情，但眼睛犹能穿透情爱有一个清明的观点。一如太阳在白云之中，有时我们看不见太阳，而大地仍然是非常明亮. 太阳是永远在的，一如我们所爱的人，不管他是远离、是死亡、是背弃，我们的思念永远不会失去。

佛经里告诉我们："生为情有"，意思是人因为有情才会投生到这个世界。因此凡是生活在这个世界的人，必然会有许多情缘的纠缠，这些情缘使我们在爱河中载沉载浮，使我们在爱河中沉醉迷惑，如果我们不能在情爱中维持清明的距离，就会在情与爱的推迫之下，或贪恋，或仇恨，或愚痴，或苦痛，或堕落，或无知地过着一生。

尤其是情侣的失散几乎是不可避免的必然了，通常，情感失散的时候会使我们愁苦、忧痛，甚至怀恨，但是我们必须认识到愁苦、忧痛、怀恨都不能挽救或改变失散的事实，反而增添了心里的遗憾。有时我们会感叹，为什么自己没有菩萨那样伟大的情怀，能站在超拔的海面晴空丽日之处，来看人生中波涛汹涌如海的情爱。

其实也没有关系，假如我们不能忘情，我们也可以从情爱中拔起身影，有一个好的面对，这种心灵的拔起，即是以思念之情代替憾恨之念，以思念之情转换悲苦的心。思念虽有悲意，但那样的悲意是清明的，乃是认识了人生的无常、情爱不能永驻之实相，对自我、对人生、对伴侣的一种悲悯之心。

释迦牟尼佛早就看清了人间有免不了的八苦，就是生、老、病、死、爱别离、怨憎会、所求不得、烦恼炽盛，这八苦的来由，归纳起来，就是一个“情”字，有情必然有苦，若能使情成为思念的流水，则苦痛会减轻，爱恨不至于使我们窒息。

我们都是薄地的凡夫，我很喜欢“凡夫”这两个字，凡夫的“凡”字中间有一颗大心，凡夫之所以永为凡夫，正是多了一颗心，这颗心有如铅锤，蒙蔽了我们自性的清明，拉坠使我们堕落，若能使凡夫之心有如黄昏时充满思念的明月，则即使有心，也是无碍了。能以思念之情来转换情爱失落败坏的人，就可以以自己为灯，作自己的归依处，纵是含悲忍泪，也不会失去自己的光明。

佛陀曾说：“情感是由过去的缘分与今世的怜爱所产生，宛如莲花是由水和泥土这两样东西所孕育。”是的，过去的缘分是水，今生的怜爱是泥土，然后开出情感的莲花。

人的情感如果是莲花，就不应该有任何的染着。假如我们会思念、懂得思念、珍惜思念，我们的思念就会化成情感莲花上清明的露水，在清晨或黄昏，闪着炫目的七彩。

每日黄昏月娘要出来的时候
加添阮心内的悲哀

我轻轻地唱起了这首《望你早归》的思念之歌，想象着这流动在山林中的和风，有可能是我们思念的远方的人轻轻地呼吸，在千山万水之外，在千年万岁之后，我们的思念是一枚清楚的戳印，它让我们来到这个世界，不失前世的尘缘；它让我们转入未来的时空，还带着今生的记忆。

引动我们悲意的月亮，如果我们能清明，也会使我们心中的明月在乌云密布的山水之间升起。

我想起两句偈：

心清水现月
意定天无云

然后我踩下油门，穿过林间的小路，让风吹过，让月光肤触，心中响着夜曲一般小提琴的声音，琴声围绕中还有一盏灯火，我自问着：远方的人不知听不听得见这思念的琴声？不知看不看得见这光明的灯盏？

你呢？你听见了吗？你看见了吗？

天下第一神射

万事无如退步人，
孤云野鹤自由身。
松风十里时来往，
笑揖峰头月一轮。

——怀深禅师

战国时代，在邯郸有一位很会射箭的人，名字叫做纪昌。他立志要做天下的第一神射。

当他知道天下最会射箭的人是飞卫时，就跋山涉水去拜飞卫为师，飞卫教他“先学不瞬”，于是他躺在妻子的织布机下，睁开眼睛看织布的梭子穿梭来去，眼睛一眨也不眨。经过了两年的练习，终于练到织布的锥子碰到他的睫毛，他也可以不眨一下眼睛，甚至睡觉时也睁着眼睛睡。

飞卫于是又教他：“次学视，视小如大，视微如著。”

纪昌再度回到家里，他在花园里找到一只很小的虱子，把它放在很细的草叶上，然后把这片草叶挂在书房窗口，自己则在书房的另一边，远远地注视那片草叶。

一开始，他只能约略看到那只虱子。三个月后，他看到那虱子有一只蚕那么大了。经过整整三年专心的注视，那只虱子在他眼里有一只车轮那么大了。

这时，他取来一只针，搭在燕角弓上，远远向虱子射去，针不偏不倚地射中虱子的胸部，连草叶都没有动一下。

纪昌欢天喜地地去拜见老师，飞卫就说他已窥见射箭的奥秘。

他不但可以像老师一样百发百中，在百步之外射穿一片柳叶，甚至在他回家时，妻子对他喋喋不休，他立刻取一支鸡尾往妻子的眼前射去，扯掉妻子眼前的三根眼睫毛，妻子竟然没有发现，还在继续嘀咕。

纪昌高兴极了，认为自己的箭艺已经登峰造极，但是在兴奋之余，他立刻想到天下还有一个比他高明的射手，就是自己的老师飞卫，这使他的心突然冰冷起来，如果不能赢过自己的老师，就不能称为天下第一神射。

有一天，纪昌在田野散步，见到飞卫从远处走来，他毫不迟疑地拉弓，预备发射。飞卫警觉到了，也立刻拉弓而射。

他们两人的箭几乎同时发出，两只箭在空中相碰，落在地上，就这样，他们一再地拉弓而射，每一次箭都在空中碰撞而掉落了。

最后，飞卫的箭射完了，而纪昌还有一枝箭，他大叫一声：“认命吧！”语音未落，箭就射出去了，但飞卫随手折了一根树枝，就在纪昌的箭到达胸口的那一刹那，把箭拨落了。

纪昌面红耳赤地低下头来，不知如何面对自己的师父，飞卫不但不责怪他，反而对他说：“你的箭术已经和我不相上下了，如果你要更进一步，可以穿过太行山隘到霍山之顶，去见甘蝇老人，他是我的师父，也是最伟大的射手，我们的箭术和他相比，只能算是婴儿学步而已。”

纪昌立刻惭愧地拜别师父，向霍山前进，他走了一个多月的路程，终于到达了霍山之顶，当他看到甘蝇老人的时候感到十分失望，他不但满头白发，弯腰驼背，而且一点也没有射手的锐气了。

纪昌为了展示自己的神箭，取下背上的箭往天空射去，天上正有一群大雁飞过，接着，五只大雁被纪昌的箭穿成一串落在地上。

甘蝇老人说：“你射得不坏，但是只用弓箭射鸟，还是很初步的箭法，你还没有学过不射而射的箭道吧？”

“什么是不射而射？”纪昌感到十分迷惑。

甘蝇老人带他到一个悬崖顶上，走到悬崖伸出的一块长石上，对纪昌说：“来这里，让我看看你的神射吧！”纪昌走到那块长石上，往下望去，发觉底下有一条奔泻的激流，脚下的长石还会晃动，当场就吓得两腿发软，根本就不能射箭了。

老人说：“让你看看什么是真正的箭道！”

就在这时，恰巧有一只小鸟飞过他们的上空，老人举目向小鸟瞥了一眼，小鸟就停止飞动，落在地上。

纪昌看得目瞪口呆，就随老人在山上学箭，整整学了九年的时间，等到第十年下山的时候，纪昌已经绝口不提射箭的事，邯郸城的人都觉得很奇怪，许多人都等他一展身手，他却好像忘记了弓箭一样。

有人问他："怎么不再射箭了？"

他说："至动无动，至言无言，至射无射，所以不射！"

纪昌在他下山后的第四十年安然而逝，没有人看过他动用弓箭，传说在他逝世的那一年，有一位朋友去拜见他，带了一把弓箭放在桌上，纪昌看着桌上那似曾相识的东西，很认真地问他的朋友说："请问你，桌上的东西是什么？做什么用的？"

他的朋友一听，大笑起来，但纪昌显然不是在开玩笑，一连问了三次，他的朋友肃然起敬地说："你现在一定是天下第一神射了，唯有像你这样的大师，才能真正忘掉弓箭的名相和用途！"

这是《列子·汤问篇》的一个故事，很值得我们作为禅的思考，并使我们想到马祖道一度化石巩慧藏的禅宗故事，马祖问的是："何不自射？"

石巩当下就开悟了。

天下第一神射，原来是一个可以射穿自己的烦恼、争胜、分别、比较的人呀！

像风一样自由

始随芳草去，

又逐落花回。

——长沙景岑禅师

长沙禅师有一天去游山，回来的时候，首座问说：“和尚，什么处去来？”

长沙：“游山来。”

首座：“到什么处来？”

长沙：“始随芳草去，又逐落花回。”

首座说：“大似春意。”

长沙说：“也胜秋露滴芙蕖。”

这是禅宗史上被称扬不已的一段话。在我们俗人眼中看来，这是答非所问的话，为什么会被称扬呢？那是因为我们总是被名相所困，在生活里有所执着，做什么总有所为，有个目的地。

举例来说，我们如果去游山，就会有个山名在，阿里山、玉山、太平山，然后我们去总有个目的。禅师之所以为禅师，是他们的生命无限自由，他没有道理计较、也没有执着的处所，于是他可以随着芳草前行，跟着落花回来。

始随芳草去，又逐落花回，那境界很有春天的意思呀！不不，也像秋天的露水滴在芙蕖。要知道，春意乃不在芳草与落花之间，春意在心，在不可执着之处。

禅师的心就像风一样，风无形、无色、无所住留，但寒暖自知，如果说风是从什么地方来，要去向何处，就落于两边，失去作为风的自由。悟后的人正是如此，他也游山、散步，但他有心境的自由。

后来的雪窦和尚读到这则公案，写了一首颂偈：

大地绝纤埃，何人眼不开？
始随芳草去，又逐落花回。
羸鹤翘寒木，狂猿啸古台。
长沙无限意，咄！

在他的眼中，却看见了芳草与落花大似春意之处，有一只瘦小的鹤立在寒木上，一只狂猿在古台上咆哮，那是因为热闹温和的春天与气氛肃杀的境界无异，都是绝对清明空无的展现，里面有无限的意涵。

我们或者无法像禅师那样活得闲适悠扬，但我们可以有美丽亲近的心来观照世界，当我们体会了“始随芳草去，又逐落花回”的心境，何尝不能感受到风一样自由的气概呢？

一口饮尽西江水

到广东的肇庆中学演讲，意外发现这是一所已创立四百多年的学校。

更意外的是，从四百多年前的两广端溪书院（1573 年），到一百多年前的肇庆府中学堂（1905 年），再到五十多年前的广东肇庆中学（1949 年），这学校都是最优秀的学校，学生素质一直在南方名列前茅。

最令人意想不到的是，肇庆中学的优秀是来自文化的传承，传承的中心却是一方砚台。

中国古来有四大名砚，为首的正是端溪的砚台，简称端砚。端砚是唐朝武德年间（618 年）开始大量开采，几乎唐宋明清的文人、画家没有不使用端砚的。早在唐朝，就把端砚、宣纸、徽墨、湖笔合称为“文房四宝”。

歌颂端砚的诗歌很多，像唐代诗人李贺写过《杨生青花紫石砚歌》，开首的两句非常美：“端州石工巧如神，踏天磨刀割紫云。”有着神奇技艺的工匠，脚踏蓝天割下一片紫色的云，才做出了这么美的砚台。

苏东坡写过两首咏端砚的诗，一首是《端砚铭》：

千夫挽绠，百夫运斤。
篝火下縋，以出斯珍。
一嘘而泫，岁久愈新。
谁其似之，我怀斯人。

另外一首是《从星砚铭》：

月之从星，时则风雨。
汪洋翰墨，将此是似。
黑云浮空，漫不见天。
风起云移，星月凛然。

朝砚台嘘一口气，砚台就泫然欲泣，一方端砚里，有星月，有风雨，有星云，有汪洋，可见砚台里的乾坤是多么的广大。

有如此美丽砚台的地方，子弟自然好读书，好写字，四百多年前就创设了书院。苏东坡、米芾、宋徽宗都曾为了砚台而到过肇庆（古称端州），宋徽宗题字的披云楼还耸立在市街。

在市区闲逛，偶尔就会和宋朝的古城墙或明代的老楼塔，不期而遇。

不只一方水土养一方人，一方文化也养一方人。我在肇庆遇到的人，都是文质彬彬、谈吐文雅、学识渊博的。

夜里，肇庆的朋友带我到西江边喝茶，才知道西江的辽阔浩瀚不亚于长江、黄河。唐代的禅师坐在西江边上，曾豪情万丈地说：“一口饮尽西江水！”这是何等的心胸、何等的气派！

踏天割下紫云的工匠，一口吞尽西江的禅师，还有还有，半夜吐着虹霓的砚台，数百年学风的中学……因为文化，珍宝得以传承，岁月才能常新！

珍惜此世但不执着于此世

修行净土宗的人告诉我，他们修行最重要的是要有厌离的心，厌离这个世界。

如果学佛法是为了对此生此世有厌离心，佛又何必花四十几年的时间传扬他的教法呢？这实在是一个很大的公案。此外，净土宗的祖师慧远大师、善导大师、莲池大师、藕益大师、印光大师等人，都至少留下一百多万字以上的著作；倘使他们讨厌这个世界，要离开这个世界，怎么会每天花时间写作，写了一百多万字呢？所以我想，如果将厌离心的说法加以修正，会较易于理解和接受，那就是要有珍惜的心，但是不执着于此世。

除了今生今世外，还有一个美好的他方。

问题是：我们不知道自己什么时候会死亡，也不知道自己死后会不会到西方极乐世界。

首先应该检验：西方极乐世界是否与此生有关系？或者它是独立存在于未来的时空？

净土宗的经典里说，一个人不可以少善根福德因缘而得生彼国。善根、福德、因缘，都跟今生今世有关系。离开今生，就没有什么善根福德因缘可言。经典里又说应该念佛念到一心不乱，才可以往生西方极乐世界。要念佛念到一心不乱，就是要从现在做起，以期念到一心不乱的境界。要想往生，希望别人助念，也是要在今生助念，而不是死了很久才得到别人的助念。